ハウエルズとジェイムズ

――国際小説に見る相互交流の軌跡

武田千枝子　著

開文社出版

目次

＊

ハウエルズとジェイムズ――国際小説に見る相互交流の軌跡

序論……1
第一章　型の始まり——ハウエルズの小品「夢」……13
第二章　イタリアの風景・アメリカの風景
——旅行記の書き手としてのハウエルズ……29
第三章　アメリカ娘の片影……65
第一節　ジェイムズの「旅の道づれ」とハウエルズ……71
第二節　ハウエルズの二つの旅物語とジェイムズ……82
第四章　国際小説の展開……93
第一節　ハウエルズの国際小説……93
第二節　『既定の結末』の場合……101
第三節　『アルーストゥク号の婦人』と『重い責任』……118
第五章　ジェイムズの評伝『ホーソーン』を巡って
——批評し合うハウエルズとジェイムズ……129

第一節　ジェイムズの評伝『ホーソーン』……130
第二節　ハウエルズとホーソーン……149
第六章　ハウエルズの『小春日和』とジェイムズの『使者たち』……167
第一節　『小春日和』の「平穏で静寂な世界」……167
第二節　「暗黒の時代」と『夢の影』……178
第三節　パリのハウエルズ、そして『使者たち』……185

注……195
あとがき……233
年譜……246
参考文献……258
索引……266

序論

1

アメリカ文学の歴史の中で、その時代の文学を育て導く立場にある作家が、仲間から尊敬されながらも疎まれる例は少なくない。しかし、ウィリアム・ディーン・ハウエルズ（William Dean Howells, 一八三七—一九二〇）ほど、毀誉褒貶にさらされた作家は、ほかにはいないのではないか。

ハウエルズは、一八五七年創刊の最も権威あるボストンの文芸雑誌『アトランティック・マンスリー』（The *Atlantic Monthly*）の第三代編集主幹であった。副主幹の時期を含めると一八六六年から八一年までの十五年間、その編集の仕事に携わったことになる。その後、一八八六年にニューヨークに移って『ハーパーズ・マンスリー』（*Harper's Monthly*）のスタッフとなり、一八九二年まで毎月、同誌のために評論を執筆、掲載し続けた。この仕事は一時、中断されはしたものの、一九〇〇年の秋から再開され、以後亡くなるまで二十年間続いた。同時に『北米評論』（*The North American Review*）その他の雑誌にも評論を寄せており、ハウエルズは、文字通り、アメリカン・リアリズムの読書界を導く存在であったのである。ハウエルズは、そのミドルネームと懸けて「アメリカ・リアリズムの長老（dean）」と呼ばれるが、それは彼の絶大な指導力を意味するだけではなく、同時にその絶対的権威を揶揄する色合いが込められたものであった。

『批評と虚構』（*Criticism and Fiction*, 一八九一）は、ハウエルズの代表的なリアリズム文学論として知られている。これは、『ハーパーズ・マンスリー』の「編集者の書斎」欄のために執筆した論評よりみずから選び、構成したものである。その主張の核をなすものは「動機の蓋然性」、「素朴で自然な、現実に即した」素材、対象とすべき「人生のより微笑ましき側面」、そしてアメリカ語法の使用の諸点である。[1] これらの信条は、平凡なもの、非英雄的なものを評価するアメリカの民主主義の理念に基づくものである。と同時に、東部知識階級の権威の崩壊という、南北戦争が齎らした十九世紀後半のアメリカ社会の地殻変動をそのまま表わすものである。しかし、扱うべき対象を制限するものとして、この基準に異を唱える者も少なからず存在した。

西部のウィリアム・ディーン・ハウエルズとも、女・ハウエルズとも言われるカリフォルニアの女性作家ガートルード・アサトン（Gertrude Atherton, 一八五七—一九四八）は、一九〇七年一二月二九日号の『ニューヨーク・タイムズ』に強い調子の抗議文を寄せた。アサトンはハウエルズに代表されるこの姿勢を「文芸誌流」（this Magazine School）と呼ぶ。そして、アメリカ文学には、この流派の基準から逸脱するものは切り捨てるという偏狭な基準が伝統のように存在し、そのために、作家の独創性が評価されていない、と続ける。そして、問題の根は、アメリカ文学の世界における「ハウエルズ氏の優位性」にある、と言い切るのである。[2]

アサトンの抗議は、ハウエルズを頂点とする当時の文学の階層社会にも、一般の階層社会と同じ傾向が否定しがたく存在することを指摘したものである。しかし、それがハウエルズの側における単なる権威主義によるものであったのか否かについては、十分、吟味してみる必要があろう。

ヘンリー・ジェイムズ（Henry James, 一八四三—一九一六）は、『アトランティック・マンスリー』の第二代編集主幹を務めたジェイムズ・T・フィールズ（James T. Fields, 一八一七—八一）とその夫人を回想するエッセイを書いている。ジェイムズは、その中で、この雑誌に対するハウエルズの貢献について次のように述べている。エマスン、ロングフェロー、ジェイムズ・ラッセル・ローエル、ホームズ博士らが作品を寄稿していた時期には「アメリカの新しい小説の微光はほとんど見えざるものだった。だがその最初の種子は、まさにこの『アトランティック』の土壌に蒔かれることになり、編集者としてこれを育てることに着手したのが我が卓越せる友であり同志たるW・D・ハウエルズであった。」[3]「アメリカの小説」とは言うまでもなくリアリズム小説を意味している。フィールズの後を引き継いで編集主幹となったハウエルズが、この雑誌を通して行った、リアリズム文学を国内に根づかせようとした闘いを、ジェイムズは正しく認識していたのである。このエッセイは一九一五年七月にイギリスでは『コーンヒル・マガジン』(The *Cornhill Magazine*) に、アメリカでは『アトランティック・マンスリー』に同時に掲載された。このことから判断して、ここには、執筆者ジェイムズの偽らざる気持ちが綴られていると解釈してよいだろう。

ハウエルズとジェイムズの間柄は、アメリカの文学者同士の交友関係としては「最も長く、重要」[4]だと言われるが、同時に、それは、決して平坦なものではなく、かなり劇的でさえあった。マイケル・アネスコ (Michael Anesko) は、この二人の作家が取り交わした書簡のうち、これまで印刷されなかったものも含めて、現存するほとんどすべて(一五一通)を集め、まとめている。その新しい資料集の編著者によれば、ハウエルズとジェイムズは、「一般に信じられているよりは、かなり込み入った、複数の要素を抱え込んだ関係」[5]にあったのである。それはおよそ半世紀という長い期間に亙るものであった。途中危機的状況がなかったとは言えないが、ふたりの関係がほとんど途切れることなく続いたのは驚くべきことである。いったいそれは何故であったのか。この問いに対する答えは、単に両者の個人的資質や置かれた状況だけでは説明し尽せないように思われる。

ハウエルズとジェイムズが最初に知り合ったのは一八六六年の夏以後のこととみられている。[6]ジェイムズ・T・フィールズに『アトランティック』の副主幹として招かれたハウエルズは、この年の二月にニューヨークからケンブリッジに移ってきた。ジェイムズ一家はこの年の秋にヨーロッパから帰国して、これまたケンブリッジに落ち着いた。ハウエルズは、一二月五日付で、詩人でジャーナリストのエドマンド・クラレンス・ステッドマン（Edmund Clarence Stedman）に書簡を送っている。「ゆうべは若いヘンリー・ジェイムズと二、三時間語り合った。そして文学の方法の真の原則は何かについての結論を得たのだ。彼は真面目な青年だ。実に才能豊かだ。誰よりも真のアメリカ小説を生み出すことに力を貸してくれるだけのものを持っている。『アトランティック』用の彼の短編小説が一つ手元にある。」[7]これは、現在、刊行されているハウエルズの書簡の中でヘンリー・ジェイムズに言及している最も早い時期のものである。この記述から、二人が親しくなるのに二ヶ月も必要としなかったらしいこと、そしてハウエルズのジェイムズを見る目が、才能を秘めた将来性ある新人を見つめる編集者の鋭い目であることが読み取れる。ジェイムズの作家としてのデビューは一八六四年（二十一歳）[8]であった。僅か二年の作家活動の経験しかないことになるが、それだけに、ハウエルズとの出会いは貴重な体験であったに違いない。

頻繁に行われたと見える二人の語らいは、ハウエルズの回想によれば、いつも「小説の方法」についてのものだった。昼となく夜となく、街を歩きながら、互いに自分の作品を読んで聞かせ、[9]議論は続いた。ジェイムズはのちに、ハウエルズの七十五歳の誕生日を祝い、ニューヨークでの晩餐会用の公開状を、ロンドンから送っている。その中で、若き日にハウエルズから受けた恩恵について感謝の言葉を述べている。あなたは「編集者として寛大な援助の手」を差し延べてくれた、「あなたは僕の歩むべき方向を示し、扉を開けてくれた。」[10]

エラリー・セジウィック（Ellery Sedgwick）によれば、ハウエルズがジェイムズに与えたもっとも重要な影響は、副主幹時代のときのものである。[11]事実、ハウエルズの在任中にこの雑誌に掲載されたジェイムズの作品は、美術・文芸評論十四編、短編小説・紀行文十七編、中編小説二編、長編小説三編に及ぶ。[12] この時期に交わされたふたりの書簡には、作品の雑誌掲載に関する事柄が数多く見られる。例を挙げてみよう。ジェイムズ宛ハウエルズの書簡（一八七三年一二月五日）にはこのように書かれている。

『スクリブナーズ』(*Scribner's Magazine*) へは作品を渡さないでほしい。君には何の注文もつけないし、今後も君の作品はすべて『アトランティック』に掲載する。ホランド博士 (Josiah Gilbert Holland) は、いわば、魅惑的な歌を歌って『アトランティック』の寄稿者を引き抜こうとしている。編集者として僕はいたく傷ついた。[13]

ここで言及されている『スクリブナーズ』（のちに『センチュリー』(*Century*) と改名）は、ホランドが一八七〇年に創設し、自らが編集長を務めた雑誌である。センティメンタルな傾向のこの雑誌は、リアリズム文学の樹立を目指すハウエルズの生き方とは相容れないものであった。『アトランティック』は、一八六〇年代には「高度な文化を代表する定期刊行物の中でも最も洗練されたものと自ら意識していた」[14] 雑誌であった。だが、『スクリブナーズ』のような新しい大衆雑誌が誕生するに及んで、その地位が脅かされはじめたのである。攻撃は、発行部数と作家の原稿料との両面からであった。[15] 先のハウエルズの言葉の背景には、実は、こうした文芸雑誌業界の事情があったのである。ジェイムズは、フローレンスからハウエルズに手紙を送っている。その一八七四年五月三日付の書簡の中で、ジェイムズは、『ロデリック・ハドスン』(*Roderick Hudson*) が『アトランティック』に載るのは嬉しいことだと書いている。[16] ジェイムズのような若い作家の側からすれば、高級文芸誌に作品が連載されることは、二つの点で意味深かった。著述業が経済的に職業として成り立つことであり、雑誌での発表は、単行本での発表より引き合うものであったのである。[17]

ハウエルズは、西部出身者としては初めて東部知識階級の世界で知的に洗練された文芸誌の編集に携わったのである。であればこそ、ハウエルズは、『アトランティック』に少しずつ新風を吹き込もうとした。試みの一つは、ジョン・ドゥ・フォレスト (John De Forest)、マーク・トウェイン (Mark Twain)、ブレット・ハート (Bret Harte) ら、ニューイングランド出身者以外を寄稿者として新たに迎え入れたことである。次いで、編集長フィールズの外遊中の一八六九年九月号に、詩人バイロンの近親相姦を暴いたストウ夫人による「レイディ・バイロンの生涯の実話」を掲載したことである。

しかしこの衝撃的な記事は、読者数の減少という事態を招いた。一八六九年に五万人を数えた読者が、翌年には三万五千に、一八七四年までには二万一千人に落ち込んだ。[18] この事態に直面したハウエルズは、やむを得ず雑誌の従来のしきたりを遵守する方向に転じたのである。やがて、ジェイムズの作品に対しても書き換えや、削除の注文が出るようになってくる。[19] ハウエルズは、最初の出会いの時からジェイムズの才能を認めてはいたが、それでもこの作家が多くの読者を得ることは難しいのではないかと、不安を抱いていた。[20] 読者数の獲得に留意しつつ、リアリズム文学の樹立を目指すハウエルズは、そのために親しい人々にも自らの文学的立場と矛盾すると思われるような要求をせざるを得なかった。結婚にまで至らない悲劇的な物語の結末を拒む姿勢は、リアリズム理論に反するものであっても、読者の嗜好を満足させるためには変えることができなかった。一般読者の道徳意識と相容れないような状況設定も認めることのできないものであった。ジェイムズの「未来のマドンナ」（"The Madonna of the Future"）や『アメリカ人』（*The American*）に対するハウエルズの注文はその例である。[21]

このような事例から浮かび上がってくる、一見、臆病とも思える姿勢について、セジウィックは編集者の戦略であると解釈する。ハウエルズは、自分とジェイムズの作品を、さらに寄稿を求めた他の作家たちの作品を、多くの読者に読んでもらいたいと望んでいたのである。小説を大衆化したいとするハウエルズは、エリート主義と民主主義の間のギャップを埋める役割を担う、言い換えるならば、西と東の、新旧の間に橋を架ける存在であったと、セジウィックは結論する。[22] その意味で、若きジェイムズにとって、ハウエルズが無くてはならない存在であったように、ハウエルズにとって、ジェイムズは、自らが果たすべき役割に欠くことのできない存在であったと言えるのである。

『アトランティック・マンスリー』を舞台にした二人の関係は、こうしてみると、利害に縛られたものであったように受け取れるかもしれない。しかし、それは、決して真実ではない。二人を結び付けていたものは、外的条件よりもむしろ内的条件、つまり、作家としての共通の資質である。ハウエルズとジェイムズといえば、もちろん、一般には同質性よりも異質性のほうが当然視されるであろう。彼らの人格形成期の環境ほど異質のものはないと言ってよいからである。しかし、両者にも共通点はある。第一に、二人の父親は偶然にも共にスウェーデンボルグの信奉者であった。二人の作家が特定の哲学、宗教思想に傾斜していたわけではないが、善悪に対する判断力と理想主義はこうした背景と無関係ではない。第二に、作家としての歩みが似通っている。ふたりとも、小説を書き始める前に書評や紀行文を手がけ、そして、国際小説へと歩みを進めている。それだけに本書で扱う二人の初期に属する作品は互いに影響され易い状況にあったのである。第三に、ヘンリーの兄ウィリアムが指摘するように、二人の作品はナサニエル・ホーソーン（Nathaniel Hawthorne, 一八〇四―六四）との共通点を持つ。[23] それは、後段に述べるように、アメリカ人としての意識の持ち方においてである。ジェイムズがハウエルズの『既定の結末』（*A Foregone Conclusion*）の中にアメリカ的なものを認めているのに対して、ハウエルズは、国籍離脱者ジェイムズをアメリカ人として理解している。そして、未完ではあるが「アメリカ人ヘンリー・ジェイムズ」（"The American Henry James"）を書き遺して[24]いるのである。

ハウエルズは終始ジャーナリズムの世界に身を置きながら小説家でもあろうとした。新たな才能の発掘と創作という必ずしも一致しない活動を続けたハウエルズにとって、ジェイムズとの関係は共感と反撥の関係であったと言えるのではないだろうか。逆にジェイムズの側からも同じことが言えるであろう。文芸雑誌の世界という枠の中での制約を受けつつ、両者が互いにどのような刺戟を与え、与えられたのか、その刺戟を自己の世界の形成にどのように役立てていったのか。これらの問題は、ぜひとも考察されなければならない。本書で取り上げる作品はその数も、時期もきわめて限定されているが、ハウエルズの作品選集や新しい資料集も刊行されている現在、こうした問題の議論を避けて通ることはできないように思うのである。全六章から成る本論はハウエルズの一八八〇年代半ばまでの小説家としての歩みを縦糸に、ジェイムズとの交流を横糸に、両者の主題と方法の確立の過程を辿り、それぞれの特質を明らかにすることを目的とするものである。

第一章　型の始まり――ハウエルズの小品「夢」

ウィリアム・ディーン・ハウエルズは、一八六一年から四年間に亙ってアメリカ領事としてヴェニスで生活した。その折、観察と忠実な描写によって対象を捉える写実的な方法を身につけた。『ヴェニスの生活』（*Venetian Life*, 一八六六）は、写実主義作家の立場を初めて公式に表明した作品で、土地の風物を自分自身の偏りのない目で捉え、平凡な日常生活の細部を忠実に描写している。その当時、ヴェニスを訪れるアメリカ人の旅行記には、共通して、感傷的な思考と表現とが多く見られた。『ヴェニスの生活』はこの傾向に対する明らかな挑戦であった。

ハウエルズのリアリズムへの傾倒を示す作品は、それ以前にもすでに書かれていた。その一つは、一八五四年から五五年にかけてオハイオ州の地方紙『アシュタビュラ・センティナル』(The *Ashtabula Sentinel*) に連載された「無所属候補——現代の物語」(“The Independent Candidate: A Story of Today”) である。この短編は、幼い頃からセルヴァンテスに傾倒していたハウエルズが、『ドン・キホーテ』の筋の運び方に倣って書いたものである。性格と状況からすべての出来事が自然に発生する、自在で単純な筋の運びこそ小説の最上の形態と、ハウエルズは見做して、[1] 小説における人為的な操作を排除した。[2] 一八五〇年代と言えば、十九世紀後半のアメリカにおいて、感傷的な小説が最も隆盛を極めた十年間の一つに数えられている。[3] このことを考えれば、この作家志望の青年の信念の堅さを感じ取ることができる。

始まりとしての「夢」

この反ロマンティシズムの姿勢をさらに押し進め、『ヴェニスの生活』への懸け橋としての意味をもつ作品が「夢」(“A Dream”) である。ハウエルズがヴェニス駐在のアメリカ領事としてイタリアへ渡る直前の一八六一年、ニューヨークの雑誌『ニッカーボッカー』(*Knickerbocker*) 八月号に掲載されたもので、二千語ほどの掌編である。[4] これは、同じ時期に書かれたが出版の機会を得られなかった「ジェフリー・ウインター」（"Geoffrey Winter"）の第一章をもとにしている。[5]

「夢」のストーリーは極めて単純である。都会生活によって知性を備えた優雅な青年に成長したジェフリーは、七年振りに故郷の村に帰って来る。「退屈な谷」（Dulldale）の名をもつその村は、幾分衰退したようにも見えるだけで、ほかにこれといった変化は見られない。ジェフリーの帰郷は、かつての恋人で、すでに未亡人となっている従妹のクララに会うためであった。彼は今もクララに惹かれている。事実、夢に彼女の面影を宿す女性が登場し、たびたび眠りを妨げられるのである。しかし、久しぶりに再会した従妹に、ジェフリーは当惑する。クララは、確かに、相変わらず美しいが、それでも、内面の輝きが失われてしまっているようにも見えるのだ。繰り返し夢で見たように、クララは遂に彼の懐に飛び込んでくる。だが、ジェフリーにはそれが現実の出来事とは思えず、彼女に別れを告げてしまう。

幻想から覚めた青年の複雑な思いと虚脱感とが余韻として残るこの物語は、ささやかなものだが、作品としてのまとまりを備えている。しかし、その後、長らくハウエルズのどの作品選集にも収録されずにきた。一九九七年に至って初めてルース・バードン（Ruth Bardon）編纂の『ウィリアム・ディーン・ハウエルズ短編選集』（オハイオ大学出版局）に収録されたものである。

ハウエルズの生涯には幾つか重要な転機があった。一八六〇年代の前半、領事時代のことである。イタリア滞在中に書いた評論「最近のイタリア喜劇」（"Recent Italian Comedy"）が『北米評論』の編集主幹ジェイムズ・ラッセル・ローエル（James Russell Lowell, 一八一九—九一）によって採用されたばかりか、『ボストン・アドヴァタイザー』（*The Boston Advertiser*）に連載中のヴェニスのスケッチが同じくローエルの称讃を得た。この思いがけない幸運が、前途にいまだ見通しの立っていなかった作家志望の青年に、散文作家としての道を選択させるきっかけを与えた。[6] 一八七一年、西部出身者としては初めての『アトランティック・マンスリー』編集主幹への就任。さらに、一八八〇年代半ばから始まる「暗黒の時代」（a black time）。[7] これらはいずれも、その後の人生を方向づけるものとして見逃すことはできない。

長い間埋もれていた小品「夢」には、実は、作家としてのハウエルズの人生の転機といってよいものが読み取れるのである。

「夢」における二つの問題

「夢」に作品化されたハウエルズの転機は、故郷と、ロマンティシズムからの訣別である。これらの訣別を、作家ハウエルズの生涯という眺望の中に置いてみることにしよう。すると、ふたつの訣別が、この作家の世界を構成する縦糸と横糸であることが明らかになる。故郷との訣別の問題は、村落と都会、アメリカ西部と東部、アメリカとヨーロッパなどの二項対立と同心円を描き、主題と直結する。他方、ロマンティシズム批判の問題は、リアリズムの確立に向けての戦いを通して、主題はもとより、作家としての方法にも密接に結びつく。ハウエルズは、これら二つの問題がそれぞれ問いかける村落と都会、ロマンティシズムとリアリズムとの間で、揺れ続けたのである。この揺れは、少なくとも彼の人生の前半を通して続くディレンマとなった。畢竟、ハウエルズにとって、「夢」は、散文作家の道を選ぶきっかけとなっただけでなく、自らの文学に進むべき方向性を与えてくれたものとも言えるのである。

「夢」が発表されたのは、一八六一年八月のことであり、渡欧に先立つ三ヶ月前のことであった。この事実は、この作品の意味を考える上で極めて示唆的である。いわば、ハウエルズは、この作品を発表し渡欧することで、これまでのアメリカ生活および創作活動に一つの区切りをつけたと言えるのである。

作品のテーマの一つである故郷との訣別[8]に、渡欧直前の作者の姿を見て取ることはさほど無理なことではない。特に、故郷の村を思うジェフリーの心には、西部の村オハイオ州ジェファソンに対する若いハウエルズ自身の感情が投影されている。「故郷の風物を慕い懐かしむジェフリーの気持」には、クララに対するひそかな想いも入り交っている。同時にジェフリーは、「過去の形骸でしかない」村とそこで過ごしたかつての自分自身に軽蔑の念を抱かずにはいられない。故郷に対するこの相容れない二つの感情は、肉親との絆で結ばれながら、単調な村の生活を嫌悪し、より広い世界への脱出を切望する若きハウエルズのものにほかならない。自叙伝や回想記の底には、「少年の町」オハイオ州ハミルトンや、コロンバスそしてジェファソンで過ごした生活を懐かしむと同時に嫌悪する、ハウエルズの複雑な感情が渦巻いている。アメリカ東部とヨーロッパに対する憧憬と、家庭の中心である母メアリー、そして最もよく理解しあえた一歳あまり年下の妹ヴィクトリアに対する離れがたい想い。これらふたつの感情のせめぎ合いは激しいものであった。ジェフリーの夢に現われる女性が、ケネス・S・リン（Kenneth S. Lynn）の指摘するように、母と妹を表わすものならば[9]、ジェフリーのクララとの訣別は、ハウエルズの故郷との訣別、ないしそれに続く新たな人生への旅立ちと言えよう。

「夢」のもう一つのテーマは、幻想（夢）からの覚醒の問題である。作者は、このテーマを明確に提示するために夢を巧みに使用している。作品の冒頭、ジェフリーの屡々見る夢の情景が描かれている。夢に現れる女性の振舞いは、クララの振る舞いそのものであるとわかってくる。従妹は「相変わらず美しく、花のようであった。しかし、どことなく色褪せていた。」ジェフリーにとって、クララとの再会は、期待に反して味気ないものであったのだ。しかし、ジェフリーは、これを事実として受け容れることができない。不快な現実を直視することができないのである。

しかし、やがて、ジェフリーは、「美しい幻想」へのあまりの執着、言い換えれば、現実からの強い回避に気づく。ジェフリーの覚醒について語り手は次のように語っている。「眠っていても論理的な判断を下し、目覚めようともがく人のように、ジェフリーはもがき続けた。そしてこの時、彼は目覚めた。二度と再びあの同じ夢を見ることがないように。」[10] クララの輝きが色褪せたかに見えたとしても、実は、（村があまり変化していなかったのと同様に）彼女自身は以前とさほど変っていない。クララをあまりに美化し過ぎていたと、ジェフリーは、気付くのである。クララとて、むさくるしい村の生活の一部ではないか。こうした現実認識が、これまでのロマンティックな憧れに取って代わり、ジェフリーの心を制するのである。これが「目覚めに終る夢」、即ち本当の意味での「夢の終り」、「美しい幻想」の霧散であった。

ここに到達するまでのジェフリーの心の揺れが、実に興味深い。夢の中で、クララに拒絶されたり、受け入れられたりする。この二様の動きが、そのまま、ジェフリーの心の揺れを語っている。事実をありのままに把握できなければならない。そして、把握した事実を冷静に受け容れられなければならない。この冷静さと強い意志が、ジェフリーの真の目覚めには不可欠である。七年間の都会生活を送った末、ジェフリーは、この冷静さと強い意志を獲得した。先に述べたように、故郷と訣別することを選択したことで、ロマンティシズムのしがらみをも断ち切ることができたのである。

この短編に先立って、ハウエルズは一八五八年九月十八日付の『オハイオ・ファーマー』(*The Ohio Farmer*)に「正夢」(“*The Dream*”)と題する詩を発表している。[11]「悲しげな眼差し」と「熱を込めた口付け」を送ってくるヒロインの姿が夢に現れる。これが夢で終わらず、現実のものとなればと、詩人は願う。しかし、願いながらも、決してそんなことは起こるまいと、予感する。ヒロインは、経済的に恵まれなかった母メアリーを連想させ、詩人は、母の心労を思いやる息子本人を思わせる。夢が、願望を充足させたいとの気持ちの表われとすれば、この詩には、息子の母に対する、心遣いと思慕の情がよく出ている。[12] もちろん、ヒロインの姿は所詮夢のなかでのこと。すぐに消えてしまう。ヒロインをいつまでも引き留めておきたいという願望は、願望だけに終る。このことは、とりもなおさず、母親（と故郷）をいつまでもとどめ置けないこと、強いて言うなら、母親（と故郷）との訣別を意味している。

短編における夢も、詩における夢も、あり方は同じである。ともに、肉親にしろ、恋人にしろ、女性の愛を得たいという願望が表われていると同時に、そうした女性から訣別する姿が描かれているのである。事実、短編と詩のヒロインは互いに類似しており、作家にとっては同一の存在として認識されていることは明白である。いずれの女性も青年への愛に応えるだけのものをじゅうぶんに備えている。詩の女性の「悲しげな目」(her sad eyes) は、短編のヒロインの「悲しげながら熱烈な想いに溢れ」た目 (sad, passionate eyes) となる。「涙ながらに青年から去って行く」詩の女性のように、短編のヒロインの目にも涙が浮かぶ。

しかし、両者に違いもある。短編では、詩の場合とは異なり、夢の実現を自ら阻んでしまう。主人公が、過去・故郷から、はっきり意志をもって訣別するのである。これは、そのまま、作者ハウエルズの、過去・故郷からの意志的訣別と見るべきであろう。詩にはなく、短編に見られる自らの意志による選択。これは、過去や故郷や夢に対するハウエルズの姿勢が、時とともに変化していったことを示していると言えるであろう。

現実の認識と堅固な幻想

しかし、現実的な目をもってしても、幻想を打ち破ることはジェフリーにとって容易なことではない。この堅固な幻想を説明するにはハウエルズ自身の場合を参照してみるとよい。彼は人生の二つの面—美しい面と醜い面を早くから感知していた。人生の醜さ、恐ろしさについてはどうであったのか。ハウエルズは、人生のこうした局面とは無縁の作家と見做されてきた。しかし、実はその生涯は恐怖に彩られ、恐怖に支配されていたのである。

「極めて病的で」[13]あったと回想されている少年時代には、恐怖、あるいは死が具体的な形をとって早くから入り込んでいたようである。[14]その最も早い時期の経験は、自叙伝『少年の町』(*A Boy's Town*, 一八九〇)の冒頭の章で語られているものであろう。少年が三歳の時のことであった。一家は、ハミルトンへ移り住むために、オハイオ川を船で進んで行った。その時、恐ろしい光景を目撃した。片足の男が小船から船に乗り移ろうとして過って転落し、水死するという出来事[15]が起きた。その時の恐怖は、その後も記憶から消えることはなかった。

ハウエルズは「いかなる小説もおよばないほどに現実を虹色で美しいもの、あるいは、毒々しく、恐ろしいものとみることができる想像力の持ち主」[16]である。そうであれば、この事件は、少年の心に、それだけ一層まざまざと死のイメージを植えつけ、人生の暗黒面の最初の瞥見として、心に焼きつけたはずである。さらに、恐怖心は、ハミルトンの村に蔓延していた恐水病の恐れへと広がる。実際、犬に咬まれたことが原因で、十七歳の頃には恐水病に対する恐怖心が嵩じて神経衰弱になり、死の時期まで予感していたこともある。若い頃からの人並みはずれた勉学努力と、緊張を強いられる創作活動とによる極度の神経の消耗は、その後も屡々彼を悩ませることになる。また、恐怖心は、望郷の念に駆られるのではとの恐れ[17]へと繋がる。家庭そのものである母。その許を離れれば、もう二度と帰ることはできない。そのときのつらさを思って、ハウエルズは、恐怖心を募らせるのである。

美しいもののイメージは、生地オハイオ州マーティンズ・フェリーの家の窓から眺めた花盛りの桃の木の姿であった。ハウエルズは「この美しい眺めが少年の記憶する一番早い時期のものであることをいつも嬉しく思っていた。」周囲の環境が変化し、少年のかつての家であった建物が取り壊されてしまった後でも「時の流れや変化と関わりなく、咲きほこる桃の木の燃えるような姿が少年の目に浮かぶ。この桃のほのかな、いじらしい花色は、何年もの後に、イタリアの土地の、もっとほのかな巴旦杏の花の色となって眼前に再び浮かび出た。」[18]桃の木だけは、ひとり、不変の美の幻として彼の意識の中に残ることとなった。この世の美しいイメージは、外界の変化に左右されない、いわば覚めることのない幻、夢として、次第に現実そのものから遊離していった。それは現実の姿であって現実ではない、現実の幻想となったのである。

幻想との訣別の後にくるもの

ここで注意しておかなければならないことは、故郷との訣別・幻想との訣別がジェフリーにとって最終的なものとはならないという点である。幻想を棄てて現実直視の姿勢が取れるようになったとの確固とした自信は、未だないのである。作品の結末の部分は、その後の人生に対するジェフリーの不安を示している。

ジェフリーの孤独な人生は、クララを失って一層侘しいものとなった。そのために過去は厭わしいものとなり、未来はどのようなものになるのか、確信が持てなかった。[19]

ジェフリーにとってクララと故郷との訣別は次の新たな出発を意味するものではあるが、同時にそれは大きな「損失」でもある。それを償うにたる未来が訪れるかどうかという問題になると、それはきわめて不確かであった。

この問題は若いハウエルズにとっても同様であったに違いない。一八六一年の春頃から、彼は一種の危機に直面していた。[20] 南北戦争の勃発に伴なう情勢の変化によって、予期しなかった状況に直面することになったのである。関係する『オハイオ・ステート・ジャーナル』(The *Ohio State Journal*) の身売り、『アトランティック・マンスリー』のための西部紀行文執筆に必要な資金の調達不能、同誌の新編集長ジェイムズ・T・フィールズからの、ロマンティックなものよりも戦時にふさわしい作品をとの要求、そして領事職獲得のための運動。ハウエルズを取り巻くこれらの状況は多様である上に見通しのつけ難いものばかりであった。一八六一年五月五日付の母に宛てた書簡には、そうした苦境を示す言葉が綴られている。「私はお金の問題、そして自分の将来のことで気が滅入っていました。(中略) この戦争で私の文筆活動の計画はすべて狂い、先行きどうなるかは自分にもまったく見当がつかないのです。」[21] 先に指摘した短編「夢」の最後の部分からは、そのようなハウエルズの将来への不安が窺がえるのである。作家としての道を歩みはじめた彼は、文学の道においても、また経済的にも、安定した仕事に就く必要を感じていた。しかし、希望した『アトランティック・マンスリー』には空席がなく、『ニューヨーク・ポスト』(The *New York Post*) への就職も不首尾に終ったために、ともかく生活を安定させるべく彼はヴェニス駐在の領事の職を得てヨーロッパへ向かったのである。

このように見てくると、「夢」と題する作品は西部時代のハウエルズの人生に一つの区切りをつける里程標の意味をもっていたと言うことができる。西部の村を舞台にとった、同じテーマによる短編二編と詩一編を僅か四年の間に書いたという事実は、この時期のハウエルズの心を占めていた問題の大きさを示している。

人生の岐路に立ったジェフリーが味わった気持ち。損失を覚悟で、生き方を選択し、そして、後になってからも、過去を嫌悪し将来に不安を抱く。ジェフリーのこの気持ちは、その後の人生においてハウエルズが味わうものと、さほどの違いはない。ジェフリーの生き方は、ハウエルズの人生経験の総和とも言えるものである。回想記『文芸界の友人と知人』(*Literary Friends and Acquaintance*, 一九〇〇)を書き終えた後でトマス・ベイリー・オールドリッチ(Thomas Bailey Aldrich)に宛てて手紙を書いている。この、一九〇〇年六月一〇日付の書簡に見られる次の言葉は、まさにこのようなハウエルズの経験から出たものである。

この頃私はすっかり自伝づいているようです。(中略)自分のことは二度と語りたくない！　ところがどういうわけか、過去のことが私の中から絞り出されるように出てきてとまらないのです。過去のことはあまり楽しくも誇れるものでもなかったというのに。「過去はとんでもなく屈辱的なものだ」―かつてマーク・トウェインも自分の過去について言ったように。[22]

これは南北戦争後の金メッキ時代の直中に生きたハウエルズとマーク・トウェインの二人の作家の陰の部分を暗示する言葉として示唆的である。この言葉に照らしてみるとき、小品「夢」の意味は、光と陰の交錯する作家ハウエルズの歩みと切り離すことができないものとなるのである。

第二章　イタリアの風景・アメリカの風景
――旅行記の書き手としてのハウエルズ

初期の小品「夢」に見られるような、ロマンティシズムからの訣別を果たしたのはよいが、その後の方向を定めるのに、ハウエルズは、かなりの時間を要することになる。それは、彼自身の気質はもとより、時代の文学趣味やアメリカにおける文学的素材の貧困などの問題とも絡んでくる。のちに取り上げる『ボストン郊外のスケッチ』(*Suburban Sketches,* 一八七一)にも、作家としての迷いがはっきりと窺える。これまで写実的な方法を採っていたのに、この作品では、ロマンティックな方法を再び採ろうとしているのである。ロマンティックな見方が齎らす弊害を認識できても、依然としてリアリストとして自信が持てない。それは、いわば、独自の方法の発見と時代のセンティメンタリティとの間で、ハウエルズの闘いが依然続いていることを意味しており、いずれが勝者になるかによって、ハウエルズのその後の文学の姿が決まってくるのである。

ハウエルズのイタリア生活

ハウエルズは、作家として、まず、イタリアで生活を送った。このことが、その後のハウエルズの文学に多大の影響を及ぼしていることは、改めて指摘するまでもない。問題は初期におけるイタリア滞在の意味である。ヘンリー・ジェイムズはハウエルズのこの経験について次のように述べている。「感受性が最も鋭敏で、感応力の最も強い年頃にヴェニスに住んだことは、ハウエルズ氏のために考えられるこの上ない幸福な出来事であったと言える。」[1] 若いハウエルズにとって観察の対象は、粗野で陰影に乏しいアメリカの風景にはない。歴史的連想に富む、豊かな細部に満ちた美しいヴェニスにある。このことの意味深さが、ジェイムズの言葉からは、窺えるのである。

ハウエルズは一八五一年に『オハイオ・ステート・ジャーナル』の植字工となった頃から、ポープやゴールドスミスを真似た詩を書き始めていた。作家として大成する決意を固めた頃のことである。詩とは縁遠い西部で生まれ育ちながらも、ロマンティックなものを期待して、胸を躍らせ、ロマンティシズムの色彩の濃い詩を書き続けていたのである。

ハウエルズがのちに対象をあるがままに見て書くことを学び、散文の道へと方向を定めるきっかけとなったのは、外でもない。既に述べたように、ヴェニスで書いた散文の小品――エッセイ「最近のイタリア喜劇」と一群のスケッチ――がジェイムズ・ラッセル・ローエルに認められたことであった。[2] 後者は「ヴェニス便り」("Letters from Venice") として『ボストン・アドヴァタイザー』に一八六三年三月二七日から六五年五月三日まで掲載されたものの一部であった。これらのスケッチは一八六六年に『ヴェニスの生活』(*Venetian Life*) としてロンドンで出版された。その二ケ月後にはアメリカでも出版され、若いハウエルズは、経済的に潤ったのである。希望していた『アトランティック・マンスリー』への連載が結局実現しなかったことや、最初アメリカでは出版されなかったことを思うと、この作品がまずロンドン、そしてアメリカと立て続けに出版されたことは、信じられないほどの成功であった。

帰国後の一八六七年に『イタリアの旅』(*Italian Journeys*) を出したハウエルズは、その後初めてアメリカの風景に取り組む。『アトランティック・マンスリー』の副主幹に就任して以来、ハウエルズは、ボストン郊外のケンブリッジに住んでいた。そこで、ケンブリッジをスケッチ風に描き始め、同誌に発表していた。これらは後に『ボストン郊外のスケッチ』(*Sub-urban Sketches*)としてまとめられ、一八七一年に出版された。
ローエルは、『北米評論』に次のような書評を載せている。

正直なところ、この一連のスケッチは詩にほかならない。我々人間の、平凡で珍しくもない経験を、理想の光で縁取りすることが詩人のこの上ない才能であるならば。[3]

ローエルの賞讃の言葉は、しかしながら、この作品の問題点も見事に指摘している。アメリカでの平凡で退屈な生活の些細な事柄を取り上げ、理想の光に包んで提示する。確かに、当時の読者は、ハウエルズのこの詩人としての才能に想像力をいたく刺戟されたに違いない。[4]だが、詩か散文かのハウエルズのディレンマ――イタリア時代から、従って、作家になってからこの方ずっと、完全に解決されたわけではない文学上のディレンマが、ローエルによって、図らずも言い当てられているのである。

イタリアで過ごしていた間に、観察力と描写力とを培い、リアリズムの道を歩み始めたハウエルズではあるが、その道は決して平坦なものではなかった。イタリアで体得した方法を自己のものとして確立するためには、その方法が抱えているさまざまな矛盾点をアメリカの風景を使って、明確に表わす必要があった。このことを実践しようとした『ボストン郊外のスケッチ』は、ハウエルズが、作家として、重要な選択をしたことを象徴的に示しており、極めて興味深い。しかし、実は、この萌芽はすでに『ヴェニスの生活』にも見えている。ロマンティシズムとリアリズムとの相克が、『ヴェニスの生活』に始まり、『ボストン郊外のスケッチ』において物語の枠組の中へどのように取り込まれていったか。この過程を辿れば、小説家ハウエルズの成長の端緒を明らかにすることができるように思われる。

『ヴェニスの生活』

『ヴェニスの生活』は、ハウエルズが一八六一年から六五年にかけてヴェニスに滞在したときのものであり、実際にその土地で見聞したことを忠実に書き留めたものである。この時期には、ほかにも、アメリカ人によるイタリア旅行記として注目されるものがいくつかある。ジョージ・スティルマン・ヒラード（George Stillman Hillard）の『イタリアでの六ケ月』（*Six Months in Italy*, 一八五三）、チャールズ・エリオット・ノートン（Charles Eliot Norton）

の『イタリアの旅と研究の覚え書』（*Notes of Travel and Study in Italy*, 一八六〇）、そしてウィリアム・ウエットモア・ストーリー（William Wetmore Story）の『ローマの風物』（*Roba di Roma*, 一八六二）などである。ヒラードの作品は、イタリアの案内書としての性格を帯び、ノートンの作品は、イタリアの宗教及び学問に対するアメリカ東部の知識人の反応を示している。彫刻家ストーリーの作品は、長期滞在者の目で眺めたイタリアの日常生活を克明に描いた、新しい傾向の旅行記である。ハウエルズのスケッチは、「異国の旅人の目には触れることのない風物」[5]を滞在者の目を通して描いたもので、『ローマの風物』と同じタイプのものと言えるだろう。ここに描かれているものは、オペラ、芝居、教会、絵画、祝祭日、冬の生活、食生活、ユダヤ人ゲットー、社交、そしてヴェニスの人びとの特質等あらゆる分野に亘っている。

この旅行記に対する当時の英米の書評家の反応は、賞讃の声に満ちたものであった。なかでも、次の文は、従来の旅行記には見られない特質をよく捉えている。

> ヴェニスについて必要以上に言葉を弄し、情緒に訴える反応を示すこと、そしてこの都市の姿を和らげて見せることは、いとも容易い。だからハウエルズ氏の事実に忠実な筆の

運びは、ヴェニスの魅力を自然な、ありのままの状態で示してくれるので、一層称讃に値する。[6]

ヴェニスは、ともすると書き手を感傷的にさせる。そのヴェニスを描きながらも、ハウエルズが誇張のない忠実な筆運びをしている点を、高く評価しているのである。だが、事実を忠実に描写することは、もとより、このスケッチを書くに際してのハウエルズの基本的な方法であった。冒頭でハウエルズは、この作品がヴェニスを描いたそれ以前の旅行記のセンティメンタリズムとは無関係である、と表明している。

ここヴェニスに三年間住んでみて分かったことがある。ヴェニスは、この土地についてこれまで書かれたロマンスや詩、そして急いで書かれた旅行記のヴェニスとは違っていたのだ。[7]

当時の書評の多くは、この作品を旅行記のジャンルの歴史的展開の上で捉らえ、せいぜい作品の秀れた特質を指摘するにとどまっている。しかし、数こそ少ないが、作品自体の問題点に触れているものがある。『コンテンポラリー・リヴュー』の一八六六年八月号に載った書評は、ハウエルズを「詩人」と称する。ハウエルズは、「美を愛でる目と鋭いユーモアの感覚を備えた、正に詩人と呼ぶにふさわしい」。[8] また、同年九月八日付の『ラウンド・テーブル』は、ヴェニスに対する書き手の愛情を評価する。ハウエルズの描くヴェニスは、ありのままの姿であるにもかかわらず、「輪郭にしなやかさが欠けることも、その容姿に不快なところもない」。[9] 前者は、『ボストン郊外のスケッチ』についてのローエルの書評と同じく、美を愛でるロマンティックな詩人としてのハウエルズの資質を指摘しており、注目される。後者は、この視点に連なるものではあるが、対象を愛するあまりリアリズムを弱めかねない点をも暗に示している。ハウエルズは、ヴェニスを忠実に描出することを意図しながらも、ヴェニスへの思いから、リアリズムに徹し切れなかったようである。先に引用した『ヴェニスの生活』の冒頭の部分の前後を参照しながら、彼の曖昧な姿勢を詳しく見てみよう。

ヴェニスに注ぐ眼差し

この作品の冒頭の部分は、ハウエルズ自身の、いわば、ものの見方の告白と言ってよい。彼はまずパデュアでの芝居見物の体験を語る。[10] 背景は粗悪で、小道具は実物とかけ離れ、プロンプターや道具係を観客席から見えないようにする工夫もないのである。この芝居小屋は、演じられる美しい世界と雑然とした舞台裏とが共存する場といってよかった。にもかかわらず、ハウエルズは、その舞台に真実と美とを感じ取り、楽しむことが出来た。劇的な場面に不可欠なはずの派手な舞台装置など、必ずしも重要な要素ではないということを教えられたのである。これは、ヴェニスの街に対しても同じであった。とりわけヴェニスは、日常の平凡な生活と非現実的な夢の世界とが共存する都市である。たとえ、むさくるしい現実がここかしこの街角に顔を覗かせていようとも、それらとは無関係に、想像力の働きによって、美しいヴェニスを眼前に現出させることが出来た。これは現実をそのまま受容するのではなく、現実を想像力によって美化する姿勢である。

そして、このロマンティックな姿勢に続いて、先の引用にある三年後の発見が来るのである。[11] 三年間のヴェニス滞在中にその実像に触れる多くの機会を得たハウエルズは、先輩のアメリカ人旅行者や文筆家の描くヴェニス像がセンティメンタルな、歪められたものであることを知る。その一例として、有名な溜息橋についての「感情に突き動かされたが故の考え違い」(the sentimental errors) が挙げられている。ヴェニス共和国時代の残酷な政治機構と結びつけて考えられがちなこの橋は、十六世紀末になって架設されたもので、ここを渡って牢獄へ送られたのは、実は強盗や殺人犯であったのである。ハウエルズは、自ら繰り返し強調しているように、誇張を排し、冷静に事実を語っているのである。また、ハウエルズにとって、ヴェニスは常に人を驚かせ、人の視線を引きつけずにはおかない都であった。その並はずれた美、類い稀なる美的特質、他に類を見ない、驚くべき壮麗なその姿、ヴェニスは、人の心を奪わずにはいなかったのであった。[12] ヴェニスの美的特質とは、主としてその歴史的連想の豊かさのことである。それ故にヨーロッパの他のいかなる国にもましてアメリカ人の心に訴える力を持っていたのである。

センティメンタリズムを拒否しながらリアリズムにも徹し切れない。これら両者の併存を許すこの型こそ、『ヴェニスの生活』と『ボストン郊外のスケッチ』との基調である。その航跡は詩か散文か、ロマンティシズムかリアリズムかの選択の岐路に立つハウエルズのディレンマを示している。この点から見ても、二つの作品はともに単なる旅行記にとどまらない。旅行記といっても、書き手の特質をよく示す自叙伝の性格の濃いものなのである。旅行記の書き手としてのハウエルズの特質はむしろ『イタリアの旅』の方に見られるように思う。[13] 彼自身、第一作よりこの作品の方を好ましく思っており、[14] 自らを「情緒的な旅人」(the emotional traveler)[15]と称するように、個人的な感情に彩られた旅行記となっている。

「志の低い詩神」

『ヴェニスの生活』では冒頭の告白のほかにも随所で作者の意図と方法が繰り返し述べられている。「ヴェニスにおける所帯持ち」("Housekeeping in Venice") と題する第七章の冒頭は次の言葉で始まっている。

この長閑かな家庭の詩を詠う志の低い詩神を読者が軽蔑することはないと確信する。この本を書くに際して筆者は、たいていの旅行記がなかなか書こうとはしない事柄について語ることに決めた。我々アメリカ国民と習慣を異にする国の人々の日常生活について可能な限り多くのことを語り、異国の旅人の目に付きやすい特色を通してだけでなく、見落されがちな事柄をも自分で経験することによって、この国の国民性についての正しい理解が深められるように努めることにした。[16]

ここには平凡な日常生活をありのままに捉え、誇張を交えずに写し出そうとするリアリストの立場が明示されている。そうすることが、ヴェニスの人々の生活をアメリカの読者に正確に伝える最適の方法であると確信しているのである。しかし、「志の低い詩神」(the lowly-minded muse) や「長閑かな家庭の詩」(the mild domestic lay) 等の語句は、暗示的である。ヴェニスが崇高でもロマンティックなものでもなく、低調な、ありふれた現実であることを窺がわせるものがあるのである。また「読者が軽蔑することはないと確信する」(I trust the reader will not disdain...) で始まる一文はどうであろうか。従来のセンティメンタルな旅行記が扱わなかった対象を描こうとしたハウエルズである。そのことに対する一抹の不安と、その不安を掻き消して自らを説得しようとする姿勢が窺えるのである。先に述べたように、この作品の意図するものを繰り返し説明するのも、読者に向けてのことというよりもむしろ、自分自身を納得させようとしてのことであると考えられる。それでも、読者に対する危惧の念は隠せない。これは、当時の一般の文学趣味を考えれば当然のことであろう。ジェイムズ・D・ハートによれば、[17] 十九世紀中葉のアメリカ大衆小説の特徴は夢想と感傷であり、大衆は現実の生活において実現不可能な理想を小説に求めていた。また南北戦争当時及び戦後を通じて主流を占めていたのは宗教小説と歴史小説であったから、たとえ、ローエル ら親イタリア派の知識人の存在があったにせよ、卑しい女神の詠う家庭の詩の響きを不安に思う気持ちは大きかったことであろう。

魅惑するヴェニス

なぜ、ハウエルズはリアリスティックな方法を採ることを、自ら納得しようとしたのか。それは、おそらく、ハウエルズの気持ちの中に、ヴェニスをリアリズムの筆で描くことなどできはしないとの不安があったからである。何はともあれ、ヴェニスは、圧倒的な魅力を秘める水の都である。人は、ひとたびこれを感じてしまえば、どうしてもロマンティックな方法を採らざるをえない。ハウエルズが、背を向けようとしてきたロマンティックな方法を用いないわけにはゆかないのである。

これによって、作品の意図と結果にずれが生じる。先に引いた当時の書評にもあるように、作品が完成したとき、当初意図したものとは、違ったものになってしまうのである。ヴェニスは夢のように美しい都市である。ヴェニスのあまりの美しさに、ともすると、観察者は、目を曇らせてしまい、実体を捉えることができなくなってしまう。廃墟は、夜の闇に包まれて、定かには姿を見せず、冬の雪は、時が遺した荒廃の傷跡の醜さを包み隠し、朧な月の光もまた、神秘のヴェールのごとくあたりをすべて絵のような美しさに変えてしまう。醜い現実があちこちに見られるはずなのに、夜の闇が、冬の雪が、そして、月光が覆い隠してしまうのである。そして、虚構という名のもとに、街の醜悪な姿は消えてしまうのである。

ハウエルズがあえて試みようとしたことは、もちろん、情緒的な反応を迫るこの美しくも妖しい対象をいかに忠実に描くか、ということであった。次の二つの例は、いかにもハウエルズらしい。

> めったに見られない価値ある見物《みもの》が至る所にあった。美しい彫像あるいは建造物とはたとえ言えなくても、ともかく、むさくるしくはあっても、興味を唆られるもの（interesting squalor）とみすぼらしいのに絵のように美しいもの（picturesque wretchedness）があった。[18]
>
> （傍点筆者）

道徳の面でも物質の面でも何ら問題のない国からやって来たばかりの私は、このヴェニスの風物の荒廃の美（the picturesque ruin）、それが生み出す心地よい不快感にも絶望感

(the pleasant discomfort and hopelessness) にも酔い痴れたのであった。[19] (傍点筆者)

このことを示す第一の例は、こうである。すなわち、観察者の関心は、彫刻や建造物のような興味を唆る美しいものよりも、「むさくるしくはあるが興味を引かれるもの」と「みすぼらしいのに絵のように美しいもの」――冬場は特に、湿っぽい不潔な周囲の家などにあると、ハウエルズは言う。こうしたものは、美しいものと同様に見るに値するとも述べているのである。うす汚れた眺めも、ヴェニスという背景の中では美しいものとして知覚されている。ここにみる矛盾形容法は、第二の引用に明言されているように、現実に対するハウエルズのセンティメンタルなアプローチを示している。この方法をケネス・S・リンは「反ロマン主義的ロマンティシズム」(antiromantic romanticism)[20] と名付けている。

こうしてセンティメンタルなアプローチを試みるのは、ハウエルズがいわば「道徳の面でも物質の面でも何ら問題のない国」から腐敗の街ヴェニスにやってきた訪問者であるからである。ハウエルズは、スウェーデンボルグ信奉者の父を通して、善悪の判断力を身につけていた。道徳的な人間であったのである。ところが、腐敗の街ヴェニスに来てみると、その弛緩した雰囲気と無為の快感に、道徳的判断力を停止させられてしまう。盗みや背信等の腐敗と堕落に対して、もはや、道徳的に反応することはせずに、審美的に反応し始めるのである。腐敗も堕落も、「興味を引かれる」もの、「美しくも妖しい」画面を構成するものに思えてくるからである。

確かに、ワシントン・アーヴィング（Washington Irving）やジェイムズ・フェニモア・クーパー（James Fenimore Cooper）のような、建国時代の自意識の強いアメリカ人であれば、ヨーロッパの道徳的腐敗を蔑み自国の優越性を殊更強調していればよかった。しかしハウエルズの場合は、それだけではすまない。優越感を同情に変え、ユーモアで包むのである。召使ジョヴァンナ（Giovanna）の、下層階級特有の目に余る身びいき（第七章）、旅費を貸し与えた作家の親切になおも縋ろうとする、「ハッカネズミ」にも譬えられるある家族の依頼心の強さ（第十章）。こうしたことに対する優越感を描きながらも、相手に親切をかけて胸をそらすアメリカ人の滑稽さをも描き出しているのである。

イタリアが秘める魅力は、アメリカ人にとって殊のほか大きい。その魅力の本質は常に芸術家や文人の分析の対象となっている。最後の章でハウエルズは審美的にも道徳的にもヴェニスの魅力の前に屈してしまった原因を分析する。抵抗し難いその魅力はこの土地の歴史の古さと無関係ではない、と彼は考える。

仮に（その）歴史が創り出された土地を愛するならば、歴史は想像を超えた、遙かに不思議な影響力をもつものとなる。しかし、ヴェニスの過去の栄光を示す記念碑と、その没落を語る証人とでも言うべきものに囲まれてみると、ヴェニスの歴史が、目に見えない形であっても、人間存在についての有力な見方――私はそれがもの悲しいものであったと今、はっきりわかるのだが――とどれほど関わりがあったのかここで述べるつもりはない。おそらくこの見方は歴史上の忘れ難い場所と新たに接触を重ねるごとに（私の中で）深まっていったものであろう。一つ一つの事実が、一人一人の偉人の名前と生涯が、一つ一つの耳新しい伝説が、過去から眼前に立ち上がってきて、現在に朧な光を投げかける時、我々は跡づけることも分析することもできない情念に心を突き動かされるのだ。[21]

歴史の光は月の光と重なり合って、政治的混乱と経済の衰退に喘ぐヴェニスの現在を美しく変貌させる。かつて、ワシントン・アーヴィングは、現実を逃れて過去の壮麗な暗闇に身を沈めるためにヨーロッパに渡った。そのアーヴィングに連なるもう一人のロマンティシスト・ハウエルズの姿が、ここに見られる。一方でリアリストを志しながら、図らずもロマンティシストの実体を顕わしてしまうハウエルズ。このハウエルズの分裂した個性が、『ヴェニスの生活』

に、みごとに映し出されていると、言えるのである。

『ボストン郊外のスケッチ』

『ボストン郊外のスケッチ』は、ヴェニスを描いたときに用いた方法を、アメリカの風景を描く際に初めて適用した作品である。この作品は、ボストン郊外のケンブリッジ（作中ではチャールズブリッジ）の風物を描写したスケッチであるが、純然たる旅行記として分類することは難ずかしい。ある著書目録は、これを短編小説の部類に入れており、[22] また、ある研究者は、「準小説」（"semi-fictions"）の類、または「素描風ストーリー」（"sketch story"）と呼んでいる。[23] この種のものとしては、ほかに、ナサニエル・パーカー・ウィリス（Nathaniel Parker Willis, 一八〇六―六七）の『私の出会った人びと、或いは名高い社交界と名士の肖像』（*People I Have Met; or Pictures of Society and People of Mark*, 一八五六）や、ヘンリー・ジェイムズの「情熱の巡礼」（"A Passionate Pilgrim," 一八七一）などがある。前者は、ヨーロッパ社交界の風俗に関心を寄せ、旅行記から物語へと筆を進めていったもので、「フィクションの薄いヴェールをかけて描いた」（Drawn Under a Thin Veil of Fiction）と但し書きがついている。ハウエルズの『ボストン郊外のスケッチ』も、スケッチから小説へと移行してゆく過程を示しており、興味深い。事実、明くる一八七二年には、最初の小説の試みとして『二人の新婚旅行』(*Their Wedding Journey*) が出版されている。

『ボストン郊外のスケッチ』に着手した頃、ハウエルズが直面していた問題は、あるとすれば何であったのか。二つの旅行記により成功をおさめた彼が、帰国後アメリカの風景を描くことに何の抵抗も感じなかったであろうか。この間の事情は、この作品を構成する個々のスケッチの執筆状況を見れば幾分明らかになる。九編のスケッチはそのうちの一編を除いて、すべて『アトランティック・マンスリー』に掲載されたものである。その中で最も早いものは、一八六八年一月号に発表された、黒人の召使ミセス・ジョンソンの人となりをユーモラスに描く同名のスケッチ("Mrs. Johnson")である。次に発表された「玄関先の知人」("Doorstep Acquaintance")は、一年三カ月の間隔を置いて一八六九年四月号に掲載された。この間のハウエルズの動きを伝えてくれるのが一八六九年二月四日付の友人宛の書簡である。[24] それによると、彼は伝記や歴史関係の小品を執筆する計画を立てていたが、資料不足のため断念せざるを得ず、「ミセス・ジョンソン」のような現代生活のスケッチを手がける以外に道がなかったようである。このことから当時の彼の関心が現在よりはむしろ過去にあったこと、すなわちロマンティックな志向を依然として有していたことがわかる。そして次善の策として現在を描くことになったが、それでも、作品の運命に確信を持つことが出来なかったようである。三番目のスケッチ「祝祭日」（"Jubilee Days"）が同じ年の八月に発表されている。ハウエルズは、その発表を前にして、ジェイムズに書簡を送り、希望と危惧とが入り交じった複雑な感情を伝えている。

今、私は「徒歩旅行」と題するものを書いていて、もう少しで書き終えるところです。これはサクラメント・ストリートから、北のブリックヤーズと近くのアイルランド人の村ダブリンを抜けて、南へノース・アヴェニューを行く私の散歩のコースに読者の興味を引こうという恥知らずな試みに過ぎません。もしも一般読者がこういうものを黙って読んでくれるなら、この試みは成功したと見做して、その後の仕事としてボストンとその周辺の色々な場所への「遊覧旅行」をスケッチすることにしようと思います。『ネイション』は「祝祭日」についてまだ何とも言ってこない——万一、色よい返事を貰えないとすると、書き続ける気力は十分に湧かないかもしれません。[25]

ここで言及されている「徒歩旅行」（"A Pedestrian Tour"）は、その後『アトランティック・

マンスリー』の十一月号に掲載された。この書簡によると、「祝祭日」は『ネイション』に送られたようだが、結局『アトランティック・マンスリー』に採用されたことになる。このような状況からみて、この時期のハウエルズは、これらのスケッチが編集者や読者に受け容れられるものかどうか判断に迷っていたことがわかる。当時の一般大衆の文学趣味を考えれば、平凡な郊外散歩を描いて興味を引こうとする試みは厚かましいというよりほかなく、彼は後ろめたい気持ちになっていたに違いない。しかし、一八七〇年には、三、四カ月おきに一編の割合で残りのスケッチが発表されているのである。

ヴェニスの現実を描写するに際して感じていた不安がここにきてまたもや頭をもたげてくるのである。これから描こうとするケンブリッジ郊外の風景はいかにも単調でむさくるしい。見渡す限り「絶望の沼」(a Slough of Despond) が続き、「喜びの山」(a Delectable Mountain) とてない茫漠たる眺めが広がる。[26] このような風景に直面してハウエルズは、『ヴェニスの生活』で用いた方法を意識的に適用する。

ハウエルズは、先ず、アメリカの中のイタリア、即ち美しくも妖しい対象に眼を向ける。すでに挙げた最初の三つのスケッチと同じく、ここアメリカの地でも、作者は、イタリア系の放浪者や物売り等、ヴェニス時代に好んで取り上げた「素朴なタイプの人びと」(the primitive type）[27]に関心を寄せているのである。そして、それを多少の自嘲をこめながらも、「チャールズブリッジに住む現代人が抱く（中略）感傷的な関心」[28]と呼ぶのである。

次にハウエルズは、平凡な風景に、ロマンティックな方法で迫る。細部に乏しいアメリカの風景の空白を、ロマンティックな筆で、意識的に埋めようとしたと言えるのではないだろうか。彼は、散策が読者にとって退屈なものになりはしないかと懸念する一方、「面白くもない散策だからこそ私には楽しい」と断言し、殺風景な眺めを、「のんびりと見て歩きながら、いくらでも好きなように空想を縫い取りできる広大な空間」[29]と見做している。

「徒歩旅行」から実例をあげよう。郊外の広い煉瓦置場はそれ自体、想像力に訴えるものではけっしてない。しかし、「私」（ハウエルズの分身と考えられる作家）はエジプトを連想してしまう。煉瓦を焼く竈から、聳え立つ寺院や王族の墓が容易に想像され、土を砕く機械は「ナイル川から水を汲み上げている、旅人カーティスが耳にした物悲しい音をたてる水揚車というか車輪ポンプ」[30]となり変る。ある骨董店の競売では、ガラスの花瓶から物寂しいニューイングランドの村に住む老婆たちの身の上話を紡ぎ出し、マドンナの絵は、がらくたの積み上げられた店先を遠い美の国のドラマの舞台へと一変させてしまう。[31]

アメリカ――アイルランド人のいる風景

「徒歩旅行」で見られるのは、アメリカの風景に感傷的な方法で迫ろうとする姿勢と感傷的になっている自分への危惧である。華麗な空想と、それから解き放たれて現実と向き合った時の衝撃の激しさ。この二つが入り混じり、劇的な起伏をなして現れる。アメリカの風景は、所詮は、イタリアの幻影あるいはそれ以下、したがって感傷的なアプローチなど所詮無理な話だとハウエルズは気づくのである。その意味で、郊外のアイルランド人租界の共同墓地で「私」が遭遇した場面[32]は、危機的瞬間と言ってよいであろう。センティメンタルな作家から現実を直視するリアリストへの姿勢の転換を迫られる瞬間である。一人の婦人が、あまり古くない墓をかき抱いて前日の死を嘆くかのように泣き崩れている。その傍らでは、「数人の下卑たアイルランド移民の男の子」が「卑猥な歌を途切れ途切れに」歌いながら取っ組み合いの喧嘩をしている。婦人の泣き声と少年たちのざわめきが静まった後で、一人の老婦人が古い墓の前で静かに祈りを捧げている。悲嘆にくれる婦人の姿をイタリアの共同墓地で見かけたのであれば、「私」は「美の観察者」(an aesthetical observer) として強烈な印象を受け、情緒に訴える話を作り上げることも出来たはずだ。しかし、ここアメリカでは、その種の連想など無理である。目の前の光景は、あまりにむさ苦しすぎる。「私」は、単なる「一人の人間」として、反応を示すのが精一杯なのである。

作家は、こうした反応を示した自分を分析し始める。センティメンタルな気分になれなかった第一の原因は、少年たちがアイルランド系であったからである。アイルランド系移民とイタリアの下層階級との間には類似点が認められるとはいっても、それは表面上のことでしかない。両者の間には、極めて古い文明を有する民族と六世紀にわたる迫害を受けて最近、粗暴な姿を現わした民族との間の相違がある。アイルランド人よりもイタリア人のほうが優越している。それは、その文明の古さ、歴史にある。この見方は『ヴェニスの生活』の結論と同様である。洗練と美の歴史の差に、ハウエルズにとって、けっして他人事ではない。一方を許容し、他方を拒む。アイルランド人の問題は、ハウエルズにとって、けっして他人事ではない。多くのアイルランド人がケンブリッジ地区へ大量移住し、深刻な環境問題となっていたのである。ジェイムズに宛てた書簡に次のように書いている。「アイルランド全体がこの界隈に流れ込んでくるように思える。そして日がな一日、あたりにはアイルランド移民の子供たちのやかましい叫び声が響き渡っている。」[33] のちに取り上げる「現場」("Scene") においても、都市生活の醜い現実を象徴するものとしてアイルランド系の少年たちの叫び声が重要な役割を果している。

アメリカ――黒人のいる風景

ハウエルズは、黒人の問題に対してもまた、アメリカ固有の風景として、現実的な対応を迫られる。ミセス・ジョンソンを探し求めて黒人街を行く作家夫妻は、黒人に償う義務があるように感じられてならない。黒人は、アメリカの若い時代に、いわばアメリカ社会の人質となり、いまだに公正な扱いを受けていないではないか。ミセス・ジョンソンの描き方には、イタリア人召使ジョヴァンナを描いたときとは、明らかな相違がある。素材としてのミセス・ジョンソンは、彼女のイタリアの前任者と同様、善悪のけじめのない、しかし愛すべき人物である。彼女は黒人の白人に対する優越を強調し、自分の皮膚の色について興味ある解釈を披露する。白人の皮膚は病を患って漂白されたものだ。しかし、彼女の子孫も次第に白人と同じ皮膚の色を持つようになるはずだ、と。

自分のところは大家族だが黒い肌の人間はあまりいないと言いながら、アフリカ系の人たちの肌の色の名誉のために声をあげたいというミセス・ジョンソンの切ない願いをここで敢えて笑いものにするつもりはない。身に覚えがないにもかかわらず、悪意と侮辱を受けるべく生まれついたために、たとえ誇り高く人目にさらすようなことはせずに、陽気に忘れ去ろうとも、黒人が耐えているに違いない心の痛みというものを彼女の言葉は垣間見せてくれたのであった。黒い肌の色の恥辱と不幸は取り返しのつかないものであり、これからも長い間、変ることがないと思うと、笑う気になれないのであった。それ以外の恥辱とあらゆる種類の故意の罪と不正が隠蔽工作や許しを期待できそうだというのに。[34]

この箇所は、イタリア旅行記の方法をアメリカの風景に無差別に適用してはならないとの「最初の警告」であると指摘されている。[35] ハウエルズは、ジョバンナの場合には、誤魔化しや言い抜けがあろうとも、鷹揚な態度で接し、道徳的判断を控えていた。だが、ミセス・ジョンソンの矛盾に対しては、ユーモラスに扱うことすらためらっている。アメリカ黒人の運命に罪悪感を抱き、その問題の根深さを改めて認識していればこそ、ハウエルズは、黒人問題という現実の重圧に堪えているのである。旅行者であれ滞在者であれ、その土地に根を持たぬ者は、芸術作品を鑑賞するような態度で人生に接することが許されるが、自国の問題は趣味の尺度だけでは処理できない。それは個人の全存在にかかわる問題となるからである。

「鉄道馬車でボストンへ」

先にあげた墓地の場面は、『ボストン郊外のスケッチ』における一つの転換点である。郊外の散策者「私」は、どのようにアメリカの風景へ接したらよいのか、たえず選択を迫られる。「鉄道馬車でボストンへ」("By Horse-Car to Boston") にしても同様である。作家は、アメリカの風景が果して文学の素材に適しているか否か、たえず自問自答を繰り返さなければならない。ボストンからチャールズブリッジへ向う乗合馬車の窓から眺める夕日にヴェニスを連想する人びとがいるが、そのような連想は不要である、と彼は先ず述べる。そして、「ボストンはほかの素晴らしい眺めとの比較を全く必要としないほど美しいと思う。」[36] これはアメリカの風景に対するハウエルズとしては恐らく最初の肯定的な見解である。しかし、と彼は続ける。「結局、人間は愚かなものであるから、目に見える美しい風景に多少の伝説的魅力を、不確かではあっても古さの魅力を求めるのだろうか」と問う。そして、純真なアメリカ人を毒してその感傷癖を満足させるヨーロッパの害を指摘する。[37] アメリカ人は自国の過去に関心を向けるべきだと彼は考える。しかし、だからといってアメリカの過去に溺れるならば、彼自身をも含めた現在を軽視することになる。「健全な精神の持主である我々乗合馬車の乗客は現在を一瞬たりとも失いたくはないのだ」[38]という言葉には、ヨーロッパからアメリカへ、過去から現在への遍歴が、現在に対する健全な認識へと到達しつつあることを窺わせるものがある。そして、これ以後のスケッチでは感傷的な面は次第に姿を消し、平凡な日常生活の断面を直視しようとする傾向が現われてくる。これは、平凡な日常生活を描くことを不安に思う気持ちが薄れてきたからにほかならない。こうした傾向が出始めた時期と、スケッチの発表の間隔が狭まってくる時期は一致していることに注目すべきである。[39]

スケッチから物語へ

アメリカ生活の断面を扱ったスケッチの中でとりわけ注目されるのは、「実生活のロマンス」（"A Romance of Real Life"）と「現場」（"Scene"）の二編であろう。前者は一八七〇年三月、後者は一八七一年一月の発表であるから、一連のスケッチの中ではともに後期に属し、それだけ物語の要素が濃厚である。事実、ルース・バードンの短編選集では、「実生活のロマンス」を短編小説として収録している。さらに巻末の注釈付作品リストには、「実生活のロマンス」発表直後のスケッチ「一日の楽しみ」（"A Day's Pleasure"）（一八七〇年七月から九月までの三回に亘る連載）も加えられている。物語性の強いこれらの作品に関して注目される点は、物語の枠外に位置する語り手と物語内部の中心人物とを対置させ、現実への相反する二つのアプローチの問題を小説の語りの技法を利用して提示していることである。

「実生活のロマンス」

「実生活のロマンス」では語り手である「私」が物語の中に時折姿を見せながら、ある雑誌寄稿家の体験を語るという形をとっている。ある晩、娘を探しているジョナサン・ティンカーと名乗る男が寄稿家を訪れる。二年間の航海から戻ったばかりの船乗りティンカーは、その間に離散してしまった家族との再会を求めている。彼に同情した作家が娘を探しあてた時、ティンカーが語った話は偽りであることがわかる。彼は重婚の罪で刑務所に入っていたために、家族は身を隠して彼に会いたがらないということであった。作家は、ティンカーが誇張もせずに作り話を語ってきかせた想像力に驚嘆するばかりであった。この寄稿家の信条は、自分が直接知り得る範囲内の意外な出来事を適切に処理することによって文学的興味を引き出すこと、それは巧妙な作り話をも凌ぐはずである、というものである。この考え方の基礎にあるのは、事実をロマンティックな色合いに染め上げる姿勢である。船員だというティンカーと連れ立って娘を探して夜の町を歩く彼には、見馴れた筈の場所が新たな様相を呈しているように思われる。真相が判明して「破れたロマンスの残骸」に直面しても、ティンカーに対する人間的評価は下がったが、ティンカーの話の文学的価値は上がったとしか考えられない。語り手の立場は寄稿家のそれとは対立する。さらに言えば批判的である。語り手から見れば、この寄稿家は「作り話に似ている現実のみに価値を見出すことに夢中になっている」[40]のであり、ティンカーが、真相を知った寄稿家の前に遂に姿を現わさなかったことは、どうみてもこの不可思議な出来事にふさわしい不可思議な形での終わり方と言えよう。このスケッチは、あまりにも現実のロマンティックな局面を強調し過ぎると――そうすることが作品の文学性を高めるという誤まった考えのもとに――実体を把握出来ずに終るという危険性を示唆してくれる作品である。

「現場」

「現場」は「実生活のロマンス」の主張をより簡潔に凝縮した作品である。ここでは語り手が全く物語の中に姿を見せず、一貫して隠れた存在となっている。彼の語るのは、同じ雑誌寄稿家が遭遇する若い娘の溺死体捜索の場面である。この作品では、寄稿家が、時代を代表する作家として描かれている。すなわち、「現実の出来事はすべて、小説に描かれているようなことと結び付けて考えなければならないとの考えに支配された時代」[41]。いかにもこの時代にふさわしい人物として提示されているのである。彼は溺死に追いやられた娘の不幸の原因についてロマンティックな想像をめぐらすが、結果は醜い現実が暗示されるだけである。彼の得た結論は、文学に描かれた水死は——ゼノビアの水死がカヴァデイルに残した印象は、自殺が実に醜いものだということであった。

水死体を運搬する場面を描いた最後のパラグラフには寄稿家の姿はなく、語り手の声だけが聞こえている。

丈の長い真直ぐな、何かぞっとするような物が赤いショールに覆われて荷車の台の上に置かれていた。そのショールは荷車の後部から外側へだらりと垂れ下がっていた。そして台の上に置かれたこの物体の上に、雑貨商が注文を受けた砂糖と小麦粉、コーヒーとお茶を配達し終えて空になった篭がいくつも積み上げられていた。この荷車が、少年たちが並んで立っている間をガタガタと進んで行くと、もう彼らはじっとしていられなかった。突然、荒々しい叫び声をあげ、狂ったように荷車の周りで跳ね回るのだった。一方で、硬直した足から垂れ下がっている赤いショールは、狂ったように陽気に騒ぐ少年たちの動きに合わせるように上下に揺れた。そして楓の木々の間からは明るい太陽の光が降り注いで、潮の満ちた潟を照らしていた。[42]

この語り手の言葉には、結論までも文学作品の言葉（ゼノビアの死にカヴァデイルが感じる思いから導きだされた結論）でしか語れない寄稿家の姿勢への批判がはっきりと読み取れるのである。水死体は美醜を表わす審美的な言葉ではなく、「丈の長い」(long)、「真直な」(straight)、「ぞっとする」(terrible)、「この物体」(this thing)、そして「硬直した」(rigid) などの即物的な言葉を用いて描写されている。感情を交えず、対象だけを凝視した乾いた表現はケネス・S・リンの指摘にもあるように、[43] 自然主義作家スティーヴン・クレイン (Stephen Crane) の筆致を――「無蓋のボート」(“The Open Boat”) に描かれた、最後まで献身的に働きながら、ただ一人、水死体として浜辺に打ち上げられた給油係や、「怪物」(“The Monster”) の、大火傷を負った黒人ジョンソンを描くクレインの筆致を想起させる。

娘の遺体を取り巻く状況を表わすものとして、雑貨商の荷物運搬車と、共同墓地に響いていた声と同じアイルランド系少年たちの狂ったような叫び声が配置されている。娘の死は、そのことに全く無関心な市民の平凡な日常生活と隣り合っており、その現実は粗野で醜い。また、娘が身に着けていた「赤いショール」についての言及が二回ある。その意味を考える前に、このスケッチの冒頭で与えられる、水死事件のあった日の描写に戻ってみよう。それは「この上なくよい天気に恵まれた秋の朝」(loveliest autumn morning) のことで、潟には「潮が差し」、作家の散歩道には楓が黄色く赤く色づいて輝いている。アイルランド系住民の醜い家屋も気にならぬほどの穏やかな静けさに満ちた日である。若い娘の水死事件などという騒々しい出来事を予想するにふさわしくない、また予想不可能な状況である。それにもかかわらず、この不幸な事件は実際に起こった。そして娘は生命のない物体と化してしまった。それに対して自然はどうであろうか。太陽の光は「明るく」「潮の差し込んだ潟」を照らしている。自然は人間の死にも微動だにしていない。その豊かな盛りの姿を誇ってさえいる。この対照は現実の厳しさを示している。「赤いショール」は若い娘のこの美しい秋の一日を彩ってくれるものであったに違いない。しかし娘が死んだ今、それもただ空しく垂れ下がって、非情な現実を象徴するものになっている。死は決してセンティメンタルなものではなく、このように苛酷な現実の、生の一部なのである。

この一節は極めて短いものであるが、ただひたすら現実を凝視して人生の実体を把握しようとする厳しいリアリストの目を示して些かの無駄もない。写実主義作家を目指すこの時期のハウエルズの一つの到達点と言えるであろう。並存する日常生活と死のあまりにも苛酷な対照の故に、虚しいものになり果てた華やかな「赤いショール」を注視するハウエルズの哀しみが伝わってくる一節である。

語り手と中心人物

これら二つの作品に見られる一人称の語り手と寄稿家の対立の意味するものについて考えてみよう。この寄稿家は、他のスケッチの語り手、すなわち一人称の作家と、同一人物と考えられる。「鉄道馬車でボストンへ」においては、この作家は、馬車に乗り合わせた一人の婦人についで想像を巡らして楽しむ。そして彼女が途中下車したためにロマンスを組み立てることが不可能になると、醜い事実を知って失望を味わうよりはましだと、自らを慰めている。醜い現実に直面することを避けているのである。したがって、こう考えることができる。すなわち、「ミセス・ジョンソン」など最初のいくつかのスケッチで、一人称の作家兼語り手が直面しているディレンマが、「実生活のロマンス」と「現場」の二つのスケッチでは、ロマンティックな方法を採る寄稿家と、それを批判する語り手とに二分されているのである。ジョージ・C・キャリントン・ジュニアは、この寄稿家を当時の一般の寄稿家とみて、ハウエルズがこの寄稿家の姿を通してセンティメンタリズムの風潮を批判しているのだ、と述べている。[44] この解釈は正しいが、比較的早く発表されたスケッチの作家兼語り手のディレンマを考慮に入れるならば、ロマンティックな方法と訣別し切れずにいたハウエルズが、寄稿家の中に、自身の姿をも描き込んだと言える。また、そうすることで、彼自身をも含めた当時の作家のセンティメンタリズムへの傾斜を批判していると考えられるのである。こうしてハウエルズは、分裂した彼自身の個性を物語の主人公と語り手の関係に移し変えることによって、作品を生み出していったと言えるのである。

馬車に乗り合わせた婦人について作家が想像を巡らす場面に関連して注目すべき点は、この作家の関心がここにおいて一個の性格に向けられていると考えられることである。同じような状況においてヴァージニア・ウルフが向かいの席のミセス・ブラウンをいかに描くべきかという問題を突きつけられたことを重ね合わせてみたくなる場面である。[45] 性格に関心を向けたことは、ハウエルズの次なる一歩（小説の試み）を示すものとして見逃すことはできない。

『ボストン郊外のスケッチ』は、ハウエルズがヴェニスで学んだ方法をアメリカの風景に適用することが可能か否かを試す実験であった。そして、それは、結果として、ロマンティックなアプローチとリアリスティックなアプローチとの並存を証明することになった。彼は、想像力による彩色を許す風景、即ち空白の背景にはロマンティックなアプローチを、そして、想像力の働きを拒否する、より粗悪な現実に対してはリアリスティックなアプローチを試みている。この作品が発表された直後、ハウエルズのリアリズムがロマンティックな方法から脱し切れていないことを見抜いたジェイムズは、チャールズ・エリオット・ノートン宛の書簡において、ハウエルズがこの方法を引き続き用いるならば、「アメリカにはない、もっと豊かで美しい風物」に富む土地こそ彼にふさわしい場所であろうと述べている。肉眼で捉えた対象を描くタイプの作家であるハウエルズの描写力は、イタリアの豊かな風物によって養われた。この章の冒頭で引用したジェイムズの言葉が示しているように、この点にこそ彼のイタリア体験の意味があるのだが、その想像力が、アメリカの空白の風景を埋める華やかな色彩の刺繍糸に過ぎず、「真に貪欲な想像力」(a really *grasping* imagination) でないことをジェイムズはすでに知っていた。[46] しかし、読者は、これらのスケッチに、二つの方法の間で選択を迫られているみずからを批判するハウエルズ自身の姿を感じ取るはずである。

第三章　アメリカ娘の片影

国際小説（the International Novel）と呼ばれるものは、ヘンリー・ジェイムズ文学固有のジャンルと見做されがちだが、必ずしもそうとは言えない。ヨーロッパを旅行するアメリカ人の数が増加するに伴い、海外旅行記に加え、「国際小説」が新しいタイプの小説として登場してきた。したがって、「国際小説」は、「国際小説」としてそれなりの歴史を有しているのであり、ジェイムズやハウエルズ、そしてイーディス・ウォートン（Edith Wharton, 一八六二―一九三七）らにいたって、開花期を迎えたのである。[1]

それ以前にもこの種の作品はあった。しかし、小説としては未成熟で、社会評論や旅行記の性格を色濃く有するものに過ぎなかった。例えばジェイムズ・フェニモア・クーパー（James

Fenimore Cooper, 一七八九―一八五一）に『刺客』（*The Bravo*, 一八三一）という作品がある。この作品は、十八世紀のヴェニスを舞台とする歴史ロマンスの形を借りて、十九世紀のアメリカを批判する社会批評となっている。やがてアメリカ社会にもヴェニスと同様の危険な側面がさまざまに顕在化すると予想し、警鐘を鳴らしているのである。また、ナサニエル・パーカー・ウィリスの『ポール・フェイン』（*Paul Fane*, 一八五七）のように、アメリカ人がヨーロッパの世襲貴族の社会に個人の能力を唯一の武器として立ち向かうという伝統的な対立の構図に依拠したものがほとんどであった。それらは一様に、客体としてのヨーロッパに対する強烈な意識が先行し、主体であるアメリカを凝視する姿勢に乏しいものであった。個としてのアメリカ人を凝視することよりもまず、国と国との関係が第一の関心事であったからである。高度に発達した国際小説の特質とは、こうである。すなわち、個性ある人が価値体系の異なる世界と接触して、危機的状況に直面し、精神の葛藤に苦しみながら、変貌し成長していくことである。このことが明確に指摘できるのは、十九世紀後半にいたってジェイムズやハウエルズの作品にアメリカ娘が登場するようになってからのことである。この質的変化は、ひとつには、丁度この頃、ヨーロッパ旅行を楽しむアメリカ娘の姿がもはや珍しい光景ではなくなったという社会状況の変化によって齎らされたものであった。しかし同時に、彼らの創造するアメリカ娘が何よりも先に、一個の性格として着想されたものであったことを忘れてはならない。

アメリカからヨーロッパへの旅行者の数は十九世紀後半にいたって飛躍的に増加した。一八三八年に大西洋航路への大型客船の就航が実現し、団体旅行の企画も生まれるようになったためである。裕福な家庭では子供たちの家庭教師を同伴することも珍しくはなかった。短期旅行者だけでなく長期に亙る滞在者も増え、フローレンスやローマなどのヨーロッパの都市にアメリカ人租界が出現した。この目新しい風景の中にアメリカの若い女性の姿もあった。彼女たちの無邪気で大胆な振舞はヨーロッパの人びとの耳目を引きつけるのに十分であった。[2] 一八六〇年代から七〇年代にかけて渡欧の機会を得たジェイムズとハウエルズにとって、ヨーロッパ旅行を楽しむ若い同国人の女性は、他人の旅行記や土産話から得られる間接的情報であるばかりではなく、直接、肉眼で捉えることのできる生きた素材であった。彼女らの持前の天真爛漫さは、ともすれば社会慣習上、妥当性に欠ける行為とと見做され、周囲に摩擦を生むことが多かった。[3] 創作活動を開始したばかりの若い作家が、この現象を取り上げることはごく自然の成行きであった。

ジェイムズは、ハウエルズから「国際状況の中のアメリカ娘の生みの親」(the inventor... of the international American girl)[4] と呼ばれているが、彼自身に「国際小説」を書いているという明確な認識が最初からあったとは言い難い。国際状況のもとでドラマが展開する、一八七〇年代の三つの短編――「情熱の巡礼」（一八七一）、「未来のマドンナ」（一八七三）、そして「マダム・ド・モーヴ」（“Madame de Mauves,” 一八七四）ですら、「まだ完全にはその姿が見えていなかった国際小説の番犬ケルベロスの御機嫌をとるために、勘に頼って投げ与えた餌」[5]であったと自ら認めざるを得ないものであった。たとえこれがジェイムズ流の自信を押し殺した物言いであるとしても、彼が考える真の国際小説とはいかなるものであるか、この言葉からそれとなく窺い知ることができる。

　ジェイムズにとって創作活動における一つの転機とでも言うべき体験は、一八六九年から七〇年にかけての一年余りに亘るヨーロッパへの最初の一人旅であった。文壇へのデビューを果たした一八六四年から出発の年までの間に書かれた十四の作品中、最初の「間違いの悲劇」（“A Tragedy of Error,” 一八六四）と「ガブリエル・ドゥ・ベルジュラク」（“Gabrielle de Bergerac,” 一八六九）を除いたすべての作品の舞台はアメリカである。中には南北戦争を背景とする、アメリカ色の極めて濃い作品もある。それに対してヨーロッパを扱う作品の世界は概してロマンティックである。夫殺しの計画が未遂に終る、フランスの港町を舞台にした「間違いの悲劇」や、フランスの貴族ドゥ・ベルジュラク家の悲恋物語はそのよい例である。また、ナサニエル・ホーソーンの世界を彷彿とさせる幽霊物語「古衣裳物語」("The Romance of Certain Old Clothes," 一八六八）もあり、その試みは多岐に亙っている。一八七〇年五月にヨーロッパの旅から帰国したジェイムズは直ちに「旅の道づれ」("Travelling Companions," 一八七〇）を書き上げた。ジェイムズのアメリカ娘の原型とも言えるシャーロット・エヴァンズ（Charlotte Evans）が登場する短編である。引き続いて、スイスからイタリアへの旅に題材をとった「イセラにて」("At Isella," 一八七一）を発表する。こうしてジェイムズの関心は、次第にアメリカの風景を離れて、ヨーロッパにおけるアメリカ人へと移っていくことになる。

一方、一八六一年にヴェニス駐在のアメリカ領事の職に就き、六五年に帰国したハウエルズは、ボストンでジャーナリストとして、また小説家として執筆活動を継続することになった。二冊のイタリア旅行記、およびボストン近郊の風物のスケッチを出版した後に、小説の最初の試みである『二人の新婚旅行』(*Their Wedding Journey*, 一八七一）と『偶然知り合ったひと』(*A Chance Acquaintance*, 一八七三）を発表する。アメリカ東部からカナダを旅するアメリカ人を描くこれら二つの作品は、純然たる小説というよりはむしろ物語性を加味した旅行記とみるのがふさわしい。前者において僅かに姿を見せるキティ・エリスン（Kitty Ellison）

は、後者においてはヒロインとして登場し、ハウエルズの描くアメリカ娘の原型となる。

このように二人の作家がアメリカ娘を描き始めた時期はほぼ重なり合っている。ハウエルズは引き続き、イタリアを舞台としたアメリカ娘の登場する『既定の結末』（*A Foregone Conclusion*, 一八七五）、『アルーストゥク号の婦人』（*The Lady of the Aroostook*, 一八七九）、そして『重い責任』（*A Fearful Responsibility*, 一八八一）を発表するが、八〇年代には国際状況を離れてアメリカの同時代の風景に関心を向けるようになる。七〇年代初めのジェイムズはヨーロッパで修業するアメリカの若き芸術家像を手懸けたのち、一八七八年に集中してアメリカ娘を描き始める。『ヨーロッパ人』（*The Europeans*）のガートルード・ウェントワース（Gertrude Wentworth）、「デイジー・ミラー」（"Daisy Miller"）の同名のヒロイン、および「国際挿話」（"An International Episode"）のベッシー・オールデン（Bessie Alden）である。そして彼女らはジェイムズ初期の集大成である『ある婦人の肖像』（*The Portrait of a Lady*, 一八八一）のイザベル・アーチャー（Isabel Archer）へと向う高いうねりを起こすのである。

両作家によるアメリカ娘創造の道程を辿っていくと、そこには相互に影響を与え合ったと考えられる状況が見て取れる。既に序論において述べたように、一八六六年の夏頃に知り合った二人は、同世代の若い作家同士として、また雑誌編集者と新進作家という立場で互いの作品に深く関わっていた。個々の作品の影響関係については既に早くから指摘されているものもある。両者の初期の国際テーマの展開における相互の影響関係は、目に見える、見えないにかかわらず存在していたと言ってよい。

第一節　ジェイムズの「旅の道づれ」とハウエルズ

「旅の道づれ」は一八六九年二月末から一八七〇年五月までのジェイムズのヨーロッパ巡遊旅行の成果の一つである。アメリカ人旅行者シャーロット・エヴァンズとブルック（Brooke）青年の歓喜溢れるイタリア巡遊と二人の愛の結実を描く、旅行記の色彩濃い作品である。先にも述べたように、この作品は国際状況の中のアメリカ娘の初登場にもかかわらず、一八七〇年一一月から一二月まで『アトランティック・マンスリー』に連載された後は、作者の生前に選集の中の一編として収録されることはなく、また批評家によって言及されることも顧みられることもほとんどなかったものである。そのような中で一九五八年にオラヴ・W・フリクシュテット（Olov W. Frykstedt）が、ハウエルズに与えたこの作品の影響の可能性を指摘したことは注目に値する。「たとえあったとしても「旅の道づれ」がハウエルズにいかなる影響を与えたかを明らかにすることは難しい」と述べた上で彼は次のように推測する。

一八七〇年までにジェイムズが書いた作品の中で「旅の道づれ」はハウエルズが書いてみようと思う気になったものに最も近いものだった。プロットらしきものがほとんどないジェイムズの旅のスケッチ（「旅の道づれ」）に影響もしくは刺戟されて、ハウエルズはジェイムズのストーリー（「旅の道づれ」）にとてもよく似た『偶然知り合ったひと』を書いたのではないか。（中略）また「旅の道づれ」は、小説にふさわしい主題としてのアメリカ娘にハウエルズの関心を向けたとも推測される。[6]

ここに述べられているように『偶然知り合ったひと』が「旅の道づれ」にとてもよく似ているかどうかは問題だが、ハウエルズは旅行記の体裁をとる物語の執筆をジェイムズのこの作品から思いついたのだろうか。執筆当時の状況と、周囲の人びとに宛てた書簡―フリクシュテットの指摘以後に刊行されたもの――からその間の事情がある程度明らかになる。

第二章で述べたように、ハウエルズは好評を博した二冊のイタリア旅行記に続いて、当時、住まいのあったボストン郊外ケンブリッジのスケッチ集『ボストン郊外のスケッチ』（一八七一）を出版した。最も早いスケッチ「ミセス・ジョンソン」は『アトランティック・マンスリー』の一八六八年一月号に掲載され、以後、不定期に一八七一年初めまで書き継がれていく。これらは単に郊外の自然の風景を描くだけではなく、日常生活の場における市井の人びとの姿を描き出し、そこに何らかの物語を読み取っている。そしてこの物語性の度合は時を追うごとに高くなっていくのである。このことから、ジェイムズが「旅の道づれ」を完成した一八七〇年七月の時点で、ハウエルズは旅行記（スケッチ）と物語の要素を併せもつ形式を既に実践していたことになる。中でも「徒歩旅行」（一八六九年一一月）や「鉄道馬車でボストンへ」（一八七〇年一月）は、徒歩と乗合馬車による移動の途中で目に映る風景と収集されたエピソードを綴り合わせる形をとっている。この形式は『二人の新婚旅行』と『偶然知り合ったひと』へと引き継がれている。

ハウエルズにとって小説の最初の試みである『二人の新婚旅行』は一八七一年六月から一二月まで『アトランティック・マンスリー』に連載された。この作品は七十年夏の夫人との旅行から素材を得たものである。ニューヨークからナイアガラを経てカナダのケベックを旅するボストンのバジル・マーチ（Basil March）夫妻を追う旅行記に近いこの作品はおおむね好評であった。まだ連載が終っていない十月二十二日付の友人ジェイムズ・M・カムリィ（James M. Comly）宛書簡の中で、ハウエルズは次に書くべき作品（『偶然知り合ったひと』）に言及してこのように記している。

> 新しい連載ものの枠組をあれこれと探しているところです。鉄道や汽船にプロットの進行を任せるのが一番です。だが、『新婚旅行』を二つも書くわけにはいかない。[7]（傍点筆者）

たとえ好評であっても同じ形式を再度試みることはできないので、新しい作品の枠組を探し求めている、と述べてはいるが、旅の形式がプロットの進行には便利である、と同じ箇所で明言してもいる。

この問題に対する解決策を見出したことを伝えるその後の書簡が二通、一九七九年に刊行された『書簡選集』（*Selected Letters*）第一巻に収録されている。一八七一年一二月三日付の父ウィリアム・クーパー・ハウエルズ（William Cooper Howells）宛のものには「新しいストーリーを書き始めたところです。そのヒロインはミス・エリスンです。着想は悪くないと思います（後略）」[8]と記されている。二通目は『アトランティック』への寄稿者ヤールマー・H・ボイヤスン（Hjalmar H. Boyesen）に宛てた一八七二年三月一九日付の書簡で、この中には「ストーリーを書いているところです―今度はプロットのある本格的なストーリーです」[9]という言葉が見出せる。「プロットのある本格的なストーリー」とは旅行記の体裁をとらないもの、という意味である。しかし完成した作品のプロットは旅に沿って展開している。彼自身の言葉にあるように、この枠組はプロットの処理には極めて好都合なのである。それにもかかわらず、本格的な小説を書くことは骨の折れる仕事であったようである。[10]

こうした状況を綜合的に判断すると、フリクシュテットが挙げる第一の可能性については、「旅の道づれ」が発表された時点でハウエルズは既に物語性のある旅行記を試みていたことが確認されたので、直接の影響があったとは言い切れない。むしろジェイムズの作品に先立つ彼自身の旅行記が進展した形として『偶然知り合ったひと』は生まれたと言うべきであろう。主題としてのアメリカ娘はジェイムズに触発された、という第二の可能性についてはどうであろうか。既にみたように、『偶然知り合ったひと』は、中心人物として若いアメリカ人女性キティ・エリスンを設定することにより、結果はさておき、本格的な物語を目指したものである。『二人の新婚旅行』にもキティは登場する。しかし、マーチ夫人に強い印象を与えるとはいえ、キティはマーチ夫妻が出会う人びとの中の一人としての存在に過ぎなかった。キティを新しい作品のヒロインにという着想が生まれた経緯は明確ではないが、作者は、前作で描いた西部出身のキティの中に潜む何かに――ボストン出身のマーチ夫人に新鮮な驚きを与える何かに――性格としての発展の可能性を感じ取ったのかもしれない。あるいはまた、『書簡選集』第一巻の注記にあるように、妹アニィのナイアガラからケベックまでの旅から着想を得たものとも考えられる。[11] いずれにしても、ハウエルズがキティにヒロインとしての可能性を見出しえたのは、前の年に発表した「旅の道づれ」のシャーロットの存在が脳裡に刻みつけられていたからだとの推測は可能である。[12]

シャーロット・エヴァンズ像

アメリカ娘の創造に関わる二人の作家の間の影響関係を考察するには先ずシャーロットの肖像を明らかにすることが必要である。シャーロットはミラノで知り合ったブルック青年と周辺の土地を巡りながら語り合ううちに、思いがけない事態に直面して一旦、別れるが最後に結ばれる。青年の回想により進められるこの作品には、イタリア絵画への熱烈な憧れやリアリズムへの傾斜等、ジェイムズののちの作品が備える特徴が早くも認められる。しかし同時に彼の他の国際状況の作品には見られない点も幾つか指摘できるのである。第一に、語り手ブルックはドイツの大学で勉学中という設定である。ジェイムズの作品の語り手の例に漏れず、ブルックには作者自身の姿が投影されている。しかしドイツはヨーロッパ諸国の中で、この作家が好感を抱くことができなかった国として知られている。ドイツ在住のアメリカ人が彼の作品に登場することは極めて稀である。[13] 第二点は、アメリカ娘シャーロットが、土地の習慣を心得たヨーロッパ在住のブルックを困惑させるような、無知で粗野な娘としてではなく、むしろ極めて好ましい存在として描かれていることである。第三点は、ジェイムズの作品に登場する男性には珍しく、ブルックが躊躇せずにシャーロットに求婚し、仕合わせな結末を迎えるプロットである。これらの点について、順を追って検討していくことにする。

ドイツに滞在中、「イタリア巡礼を夢みてきた」[14] ブルックは、「南国の温和な、それでいて放縦な匂いを感じさせない」[15] ミラノを存分に味わっている。「私の知覚力はこの土地で初めて本来の健全で創造的な機能を発揮できるように思われた」[16] と述べられているように、北の堅苦しい大学町から解放されて、彼の知覚力は、本来の力を発揮することになる。南国の八月の光を浴びたシャーロットの素直で自在な振舞が彼の心を強く捉えて離さない。

傍に立つ若い女性は、私の知っているものとは異なる女性の特質を備えているひとだ、と感じた。それは、鋭敏な感覚、成熟、善悪を判断する力であった。私は好奇心をいたくかき立てられた。[17]

彼はシャーロットの「鋭敏な感覚、成熟、善悪を判断する力」を、ヨーロッパの女性の特質とは異なる、アメリカの女性の美徳として高く評価する。この三つの知的・道徳的美徳を備えたシャーロットは、当時のヨーロッパでとかく人びとの批判にさらされる自由奔放なアメリカ娘とは異なる存在であることを窺わせる。このことに関しては、ウインターボーンがデイジー・ミラーをどのように理解すべきか迷う姿と比較してみると、ブルックのシャーロット評価の揺ぎなさがより明確になる。

アメリカ生まれのウインターボーンは幼い頃からカルヴィニズムの都ジュネーヴで教育を受けたために、アメリカの尺度でものを見ることが難しくなったと感じている。彼はレマン湖を隔ててジュネーヴと遠く向い合う、アメリカ人旅行者で賑わうヴェヴェイ（Vevey）でデイジーと知り合う。彼女に強い興味を覚えながらも彼は天真爛漫で臆するところのないこのアメリカ娘をどのように判断したものか途方に暮れる。厳格なカルヴィニズムと、母国アメリカとの複合の視点の持主ウインターボーンは、デイジーの真の姿を見抜くことができずに終る。このように見てくると、ブルックがドイツに滞在しているという設定は、南国の陽光を渇望する北の視点の必然性を高め、その背景の中でアメリカ娘シャーロットの美点を浮き彫りにするための効果的な方策であったと考えられる。

アメリカ娘固有の長所もヨーロッパ社会においては習慣の相違から非難される。このことが国際小説のドラマを生む。「旅の道づれ」のシャーロットは、周囲の反対を押し切って自分の流儀を通す無謀な振舞をみせることはない。ここで思い起こされるのは、ジェイムズがヨーロッパを旅行する同国人を評して、「下品」(vulgar) の一語に尽きる、とフローレンスから母親宛てに書き送っていることである。彼らから受ける印象は「教養そのものの完全な欠如」(absolute lack of *culture*)[18] であった。周囲の状況を考慮せずに自分の流儀を頑なに押し通すことは、ジェイムズに言わせれば、まさに「下品」以外のなにものでもない。シャーロットの場合はどうか。シャーロットの父親エヴァンズ氏が同行できなくなったために二人だけでパデュアへ出かけた帰途、予定の列車に乗り遅れ、一泊することを余儀なくされる。帰着した二人をホテルの従業員さえも非難の目で迎える。偶然生じた事態の結果であるこの苦境からブルックを救ったのはシャーロットの「威厳」ある態度であった。[19] シャーロットは大方のアメリカ娘に見られる未熟さ故の過ちや粗野な振舞とは無縁の存在である。

シャーロットのこうした特質は、初めてブルックの前に現れた時の装いからもそれと知れる。彼女は「白いピケのドレスに黒いレースのショールをまとい、紫の鳥の羽を飾った帽子をかぶって」[20]いる。白亜のホテル・トロワ・クーローヌの庭園でデイジーがウインターボーンと初めて出会う折の服装は、「衿元と裾に襞飾りのある、淡い色合いのリボン飾りを散らした白いモスリンのドレス」[21]であった。清純無垢なデイジーの可憐さがこの背景と彼女の装いに視覚化されている。それに対してシャーロットは同様に清純無垢を表わす白い衣裳を身に着けているが、二十二才という年令に比して黒いショールと帽子の紫の羽根飾りは落着きと威厳を暗示するものである。それは遠出の際に彼女が手にする「ヴァイオレット色の裏張りの白い小型のパラソル」[22]にも当て嵌まる。またブルックに劣らずイタリアの旅に憧れ、準備を重ねてきた彼女がここでみせる動作、視線そして声は知的喜びに溢れている。シヨン城でウインターボーンに対する屈託した思いから、彼の説明にも上の空のデイジーとは対照的である。さらにシャーロットは極めて理性的であり、想像力の産物を斥けて事実に忠実であろうとする。ブルックはパデュアの件に責任を感じて求婚するが、彼女は償いのための結婚は受け容れられないこと、一年後に気持が変っていなければその時には再考してもよいと伝える。そしてブルックに対して、過剰な想像力に屈して自分の気持を偽らないように、と諭すのである。この冷静で現実主義的な側面は、ジェイムズの描くアメリカ娘の中にあってもひときわ群を抜いている。

これらのことを考え併せると、シャーロットはジェイムズのアメリカ娘の先陣をきる人物であるにもかかわらず、そのあまりの完成度の故に、当時のジェイムズにとって、とりわけ重要な意味を持つ存在として作品化された人物の姿ではなかったか、と推測されるのである。よく知られていることであるが、一八七〇年三月二六日、英国に滞在していた彼は従妹ミニー・テンプル（Minny Temple）の死を知らせる母親の手紙を受け取る。彼が高く評価していた「精神の自発性」（moral spontaneity）[23]を備えたミニーもまた、シャーロットと同じようにイタリア旅行を夢みて、書物を通して知識を蓄えていたが、肺結核の悪化のため、一八六九年から七〇年にかけての冬をローマで過ごす計画も結局、実現しなかった。彼はミニーの到着に合わせてローマへ向う心積りであった。ブルックがシャーロットと出会うことを期待しながらヴェニスやローマへ向う場面が設けられていることは、当時のジェイムズのミニーに対する心情を反映したものと考えられる。シャーロットがミニーの特質を体現する人物であったと考えれば、[24]別して優れた特質を与えられていることはそれほど不思議なことではない。シャーロットはジェイムズが創造した他のアメリカ娘とは区別される存在なのである。ブルックはその年の秋、ローマの聖ペテロ大寺院で父親を失ったばかりのシャーロットと再会する。そこで彼女は自分の気持に従って青年の愛を受け容れる。「結婚するということは、どうも、あちこち移動して自由を享受する喜びを放棄し、血気盛りの時に、世に埋もれて、気苦労の絶えない日々を送るということ」[25]のようである、という結婚観の持主であるブルックである。ミニーの死を「僕たち（兄ウイリアムと自分）の青春の終り」（the end of our youth）[26]と感じたジェイムズにとって、血気盛りの終りに遭遇した今、言い換えるなら結婚によって失うものが失せたこの時、ブルックがシャーロットと結ばれることは極めて自然な結末[27]であると言えよう。

第二節　ハウエルズの二つの旅物語とジェイムズ

ハウエルズの『二人の新婚旅行』と『偶然知り合ったひと』[28]は小説を意図したものであったが、結果は物語性を加味した旅行記となっている。とりわけ最初の作品にその傾向が著しい。この作品の冒頭において、作者の分身とみられる一人称の語り手は、物語り作者としての自信のなさを表明し、自分の役割は登場人物の目に映る「平凡なアメリカ生活の特徴」を語ることだと述べている。[29] ここで注意しておかなければならないことは、平凡なアメリカ生活を眺める目が、すでにヨーロッパの生活を経験した作者夫妻の投影と思われるバジル・マーチ夫妻の目だということである。これは『ボストン郊外のスケッチ』におけるチャールズブリッジとハウエルズとの関係の再現である。夫妻はともすればヨーロッパ的尺度でアメリカを眺めようとする「センティメンタルな人たち」[30]である。このことはハウエルズ自身がいまだ完全にヨーロッパの魅力から自由にはなり得ていないことを示している。その証拠に、作品の舞台は大半がカナダ、特にヨーロッパの色彩濃いモントリオールとケベックに設定されている。それは初めての小説を手懸けるハウエルズにとって手馴れた、安全な舞台であったからでもあるだろう。夫妻が心惹かれるのは「華麗な現代のモントリオール」ではなくて「この都市の過去の面影」[31]である。彼らは絶えずアメリカ、カナダの風景の中にヨーロッパの風景を探し求める。そしてその愚かさに気づいて「後めたい気分を味わう夫妻」[32]の姿の中にハウエルズ自身のディレンマの深さが感じ取れるのである。さらにマーチ夫妻の間にも立場の相違がある。ボストン出身のイザベルの因習的な視点とボストン出身ではないバジルの、土地の規律に縛られない自由な客観的視点との対立にもニューイングランド出身のハウエルズ夫人と西部出身のハウエルズの視点の相違が重なり合う。マーチ夫妻の間の微妙なくい違いが生む共感と反撥が作品に緊迫した状況を作り出している。

『偶然知り合ったひと』は『二人の新婚旅行』と同様に、旅の進行と平行してプロットが展開する形をとりながらも、ハウエルズが初めてアメリカ的性格の創造に専念した作品として重要である。物語は前作に登場したアメリカ娘キティと彼女のいとこに当たるエリスン夫妻が、ナイアガラからケベックまでの旅の途中で経験する出来事が中心になっている。キティはサゲネー（Saguenay）川を遡る船上でボストン出身の青年マイルズ・アーバトン（Miles Arburton）と知り合う。アーバトンの不注意からミセス・エリスンが足を挫いたことがきっかけであった。青年は西部の連中と道づれになった不運を嘆きながらも、ケベックに留って夫人の怪我の回復を待つことになる。その間に彼はキティの存在を意識するようになり求婚する。しかしアーバトンが知人のボストンの婦人たちの前でキティを無視するような態度をとったために、彼女はこの申し出を拒む決心をする。

『二人の新婚旅行』において船客の一人として登場したキティは、この作品において固有名詞を与えられている最も注目すべき人物である。キティはアメリカの風景の一齣としてマーチ夫人に新鮮な驚きを与える。夫人に強い印象を与えたのは、この若い女性が他者だけではなく自己に対しても、信頼の念を持ち、西部育ちながら聡明で洗練されているためであった。夫人とキティが東部と西部のコントラストを成し、キティ自身も西部の要素と東部の特質をあわせ持つ複合体となっている。『偶然知り合ったひと』はこのコントラストをそのまま引き継いでいる。ヨーロッパの色彩濃いケベックを舞台にアメリカ人によるドラマが演じられる。ドラマの中心人物であるアーバトンとキティもまた対照的である。アーバトンは財産・家柄・教養・作法・趣味を身につけたボストンの青年であるのに対し、キティは経験には乏しいものの、高い理想と魅力的な個性を持つ西部の娘である。

キティの物語はこのようなコントラストの世界における自己確認の旅の物語である。現実との接触による夢と理想の崩壊から精神的成長への道を辿る彼女の旅は、ケベックでの自己確認を果たした後、西部への帰還で完結する。作者はこの物語を書き進める上で、提示部においてキティの背景を入念に描いている。彼女の理想化された世界像は、奴隷制に反対し、自由と平等を最高の価値と考える父親やおじの影響によって形成された。奴隷制廃止論者たちの活動の場であるボストンに対する幻想を受け継いでいるキティは未だ見ぬその土地を理想化している。彼女にとってアーバトンとの出会いは、その理想の世界を確認する機会であったが、その期待は無残にも打ち砕かれ、逆に自身の真の姿―ボストンの世界には受け容れられ難い異質の存在であることを認識するに至る。

キティはアーバトンの求婚を拒む決心をしたとき、この旅の間、エリスン夫人から借りていた美しい衣裳をもとの自分のものに替えることにする。

ファニー（ミセス・エリスン）の衣裳を返して、あくまでも自分の衣裳を身に着けることによって、真実を求め、誠実であろうとする努力を先ず、粛々となすべきだ、とキティは心に決めた。[33]

それは彼女にとって「良心の問題」[34]であり、彼女本来の姿を評価してもらいたいという強い衝動によるものであった。仮りの、偽りの姿を装い続けることの後ろめたさ、真実に対して誠実でありたいという意識を示す選択である。キティはそれ以上、自分の、そして相手の本質を見誤ることはない。何物をも恐れずに生きることこそ善なのだ、という確信を得る。キティは、試練を経験したことで、アーバトンをも凌ぐ大きな存在となってしまったのだ。彼は、キティを前にして敗北感を味わうのである。

ジェイムズはこの作品の連載が続いていた一八七三年四月二五日付の妹アリス宛の書簡の中で、ハウエルズについて、「こんなに素晴らしい技量がありながら、もっと大きく世界を捉えることはできないものか」[35]と述べている。ジェイムズのこの言葉は、肉眼で捉えたアメリカの（空虚な）風景を描写するハウエルズに対する苛立ちの表明である。[36]しかし連載の最終回分に目を通していない段階ではあるが、六月二二日付の作者宛の書簡の調子は一変している。キティは「想像力の見事な産物」であり、「君をとても羨ましく思った。」[37]さらにその後、出版されたばかりのこの作品の読後感をハウエルズ本人に書き送った同年九月九日付の書簡では、この調子が一段と強まる。一本にまとめられた形で読んだ方がこの作品のよさがわかること、背景となっている風景よりも人物がよく描けていること、この作品によってハウエルズが物語作家の地位を確かなものにしたことを述べた後で、キティについてジェイムズは次のように評している。

キティが上出来なのは、この人物が人物として完璧な存在であることだ。彼女は並はずれて実質を備えた、立体的な人物だ。この仕上がりを可能にしたのは、君がキティの素性を具体的に示したことだ。その通りなのだ！「小説の家」において、キティは小さな台座の上にしっかりと立っている。[38]

これら二通の書簡における評言では、ハウエルズの欠点を強調するそれまでの姿勢が影を潜め、長所を素直に認めるものに変化している。とりわけキティ像に対する強い関心が注意を引く。ボストンに対する憧れを育んだ彼女の背景を十分に書き込んだことにより彼女の行動に説得力が生まれ、平板な性格に終っていないと、評価している。さらに彼は、ハウエルズの『既定の結末』についての二編の書評[39]においても再度この作品、とりわけキティに言及している。コーネリア・P・ケリー（Cornelia P. Kelley）によれば、その調子には「微かながら嫉ましく思う気持」（a hint of envy）が込められている。[40] これらのことは、シャーロット像が、今日、我々がジェイムズの国際小説のヒロインと見做すものの先駆者であることを作者自身、明確に認識していなかったことをなによりも裏付けるものである。『ネイション』（The *Nation*）の一八七五年一月七日号掲載の書評でジェイムズは、ハウエルズが描くアメリカ娘の特質を次のように述べている。

ハウエルズが描いてみせた魅惑的なヒロインの最大の魅力は、アメリカの女性としてのしとやかさである。彼女らは厳正な意味においてアメリカの女性である。極めてアメリカ的な才能の持主であるこの作者が自らの内なる衝動に突き動かされ自分本来の姿を見せてくれるのは、恐らく、我が国の社会、風土が生んだ、しとやかで内気な、それでいて因襲に縛られることのない若い女性を描くときである。彼女らは敏感に反応する道徳意識を備えた、美しい顔立ちの若い女性である。[41]

ジェイムズは、キティがハウエルズの生み出した正真正銘のアメリカ娘であることを認めているのである。

フリクシュテットが指摘する「旅の道づれ」との類似以上に、『偶然知り合ったひと』はジェイムズの『ある婦人の肖像』にその姿を留めている。フリクシュテットによれば「キティはイザベル・アーチャー的な人物へと発展していく可能性を秘めている」[42]のだが、両作品はヒロインだけでなく、構造、内部パターンにおいても酷似している。イザベルの物語もまた自己確認の旅である。彼女の周囲には心を開いて話し合える友（ficelles）がいる。キティにとってはミセス・エリスンがその機能を果たしている。アーバトンとは異質の存在であるとの自己認識と彼の求婚を拒否する理由もすべて夫人に向って報告する形をとる。そして何よりも重要であると思われるのは、キティが本来の自分の姿に立ち返ろうとして夫人からの美しい借り着を返して自分の日常着を身に着けることである。このキティの考えは、イザベルがマダム・マール

(Mme. Merle)と人間の殻・衣裳について交わす、よく知られた会話[43]へと連なっていく。年令を重ねるにつれて「身に積る附属物の山」(some cluster of appurtenances)――「住居や家具や衣裳や愛読書や交際仲間」はすべて我々自身を表現するものだというマダム・マールに対して、イザベルは人間の「殻」(shell)はその人の本質を表わすものではないと考える。身に積った附属物はその人間の真の姿を示すものではなく、むしろ本質を隠蔽する爽雑物であるから、余分のものを剥ぎ落としてありのままの自分でありたいと考える。キティにおける外観と本質の問題はイザベルにおいてはさらに進展して存在の核にまで達する問題となる。彼女にとって外観は問題ではない。イザベルとマダム・マールの考え方の相違は、マダム・マールの生活の場であったヨーロッパ社会の豊かな細部とイザベルが成長期を過したアメリカ社会の空虚な風景の違いから生じているのである。目に映る細部に乏しい空白の外部の世界では、視線は自己の内面・自己の本質を凝視するようになるのは必然の結果である。イザベルの考え方は「欠くことのできないもの」(the essential)と「なくてもよいもの」(the superfluous)とを識別することの重要性を強調するシャーロットの考え方[44]がより進展した形で現れたものと言えよう。

以上のことから、ジェイムズとハウエルズは交互に相手の作品から刺戟を受けてそれぞれのアメリカ娘を生み出したことは明らかである。ハウエルズはキティ以後、『既定の結末』のフロリダ・ヴァーヴェイン（Florida Vervain）、『アルーストゥク号の婦人』のリディア・ブラッド（Lydia Blood）を生み出した。彼女たちがさらにガートルード、デイジー、そしてベッシィの登場を促したとケリーは断言している。[45] ハウエルズはジェイムズを評して「アメリカ娘の生みの親」と言ったが、ジェイムズの初期の作品に限って言えば、彼をこの道に向わせたのはむしろハウエルズ自身であったと言うべきであろう。

第四章　国際小説の展開

第一節　ハウエルズの国際小説

ウィリアム・ディーン・ハウエルズの国際小説は一八七〇年代半ばからおよそ十年のあいだに集中して書かれている。それらは『既定の結末』（一八七五）に始まり、『アルーストゥク号の婦人』（一八七九）、そして『重い責任』（一八八一）へと続き、『小春日和』（*Indian Summer*, 一八八六）に終る諸作品である。ヘンリー・ジェイムズおよびイーディス・ウォートンと共に国際小説を「開花期」に導いたとされるハウエルズについてトニー・タナー（Tony Tanner）は、ハウエルズが「他に先駆けて独自の重要な国際小説」を生み出したことは「忘れてはならない重要な点である」と述べている。[1]「独自の」という限定詞は、この時期の国際小説の中にあってハウエルズの国際小説が無視することのできない位置を占めていることを示している。また「他に先駆けて」と述べられていることは、第三章で検討を加えてきたハウエルズの作品がジェイムズを刺戟したことを裏付けるものと言える。しかし、一八八〇年代に入ってジャーナリストとしての活動を抑え、本格的な創作活動を開始したハウエルズの経済小説（the Economic Novel）およびユートピア小説（the Utopian Novel）がよく知られているのに反して、初期の国際小説は取り上げられることは稀であると言ってよい。

ハウエルズが国際小説を書き始めた背景には、一八六一年から四年間に亙るヴェニス駐在のアメリカ領事としてのイタリア滞在の経験があることは繰り返すまでもない。彼はこの土地で当時の社会現象としてのアメリカ娘のヨーロッパ旅行の実態に触れることができたのは勿論のこと、その後の作品の素材となるものを多く得ることができた。一八六三年のフローレンス旅行では、『小春日和』の材料となるものを得、一八六六年には早くも「イタリア、もしくはヴェニスを舞台とするロマンス」に着手しようとしていた。[2] その上、コントラストを基盤とする国際小説は、アメリカ人として、またアメリカの作家として、当時のハウエルズ自身が逃れることのできなかった二者択一の問題を描くのに真にふさわしいものであった。詩人か散文作家か、ロマンティシストかリアリストか、の選択の岐路に立たされ、また、イタリアに魅せられながらも、異国に住むことのむなしさ故に、祖国を離れることに否定的な姿勢をとり[3]、アメリカに対する率直な信頼を強めていったハウエルズ—彼のこの心の揺れは、国際小説に着手する以前の、アメリカ国内のスケッチにおける素材の選定と描写方法にも認められるものである。[4]そして、これをフィクションの形で描き出したのが彼の国際小説である、と言ってよいであろう。

複合視点

ハウエルズの四つの国際小説は、アメリカ娘を軸に物語が展開する。特に最初の二作（『既定の結末』と『アルーストゥク号の婦人』）は、若くて美しい、ヘンリー・ジェイムズも高く評価した典型的なアメリカ娘であるヒロインによって記憶される作品である。しかし、ここで特に注目したいのは、これら四つの作品に共通している、複合視点を有する男性人物の存在である。二つの互いに対立する価値基準を併せ持つこの人物は作品の視点の機能を有する観察者である。しかし、進行中のドラマと利害関係を持たないことは稀なので、二つの立場が競合する複合体であるこの視点の判断は、事態を解明するどころかむしろ、彼自身にとって事態は混迷の度を深めることになる。いわゆる劇的事件のほとんど起こらないこれらの作品においては、この人物の精神的ディレンマが作品に劇的緊張を齎らし、その結果、この視点的人物こそ中心人物である、とすら言える場合があるのである。したがって、国際テーマを扱うハウエルズの一群の作品の意図を探るためには、複合視点として機能する観察者（あるいは中心人物）に焦点を合わせることが必要である。そして言うまでもなく、この人物には作者自身の姿が投影されている。

『重い責任』までの三つの作品における視点的人物は、事態の解明に失敗する例である。程度の差はあるものの、いわば真実を摑み損ねた男と言ってよい。その五年後に発表された『小春日和』における視点的人物シオドア・コールヴィル（Theodore Colville）は中心人物でもある。彼は前任者たちとは異なって、最後に真実を摑むことになる。己れを知り、己れの居場所を把握する——己れの世界を発見するに至るのである。先に述べたように、ハウエルズの国際小説が当時の彼の心の揺れを描いているのであれば、『小春日和』においてその心の揺れは沈静化されたということになるのだろうか。事実、この作品を最後に彼はこのジャンルを離れるのである。

『既定の結末』は、イタリアに滞在するアメリカ人を描くハウエルズの最初の国際小説と見做されている。前二作と異なり、旅行記の要素を排除して全面的に物語性に依存した最初の作品である。病弱の身をヨーロッパで養っているミセス・ヴァーヴェインとその娘フロリダのアメリカ人母娘、二人の相談相手であるアメリカの領事ヘンリー・フェリス（Henry Ferris）、そして彼の紹介でフロリダにイタリア語を教える僧侶ドン・イッポリト（Don Ippolito）の四人がヴェニスを舞台に登場し、僧侶のフロリダへの恋を軸として物語は展開する。

この作品については、その中心人物は僧侶ドン・イッポリトであり、フロリダ・ヴァーヴェインに対して彼が抱く恋心をいかにして成就させるかということが中心問題である、とする見方が多い。結末の部分の構成上の弱さを指摘して、物語はドン・イッポリトの死で終るべきであった、というジェイムズ[5]をはじめとする大方の批評は、このような見方から必然的に生じたものであることは言うまでもない。僧侶の死をもって終る国際状況のもとでの悲恋物語としてこの作品を読むならば、それはエドゥウィン・H・ケイディが指摘するように「アメリカの無垢とヨーロッパの世故にたけた罪深さが互いに理解し合えなかった悲劇」[6]となるであろう。しかし、この解釈に暗示されるような、アメリカとヨーロッパとの比較・対照を前面に出したこの時期のジェイムズの国際テーマの作品に近いものとしてこれを扱うことには問題があるだろう。両者の国際小説の間には、すでに第三章でその事実を確認した相互間の影響から想像されるような近似性は、表面的なもの以外ほとんど見出せないと言ってよい。トマス・ウェントワース・ヒギンスン（Thomas Wentworth Higginson）は、国際テーマを扱う両作家の相違点を次のように説明している。

結局、ジェイムズ氏は最後まで画架をヨーロッパに据え、ハウエルズ氏はこれをアメリカに据えた。彼には最初からアメリカ人をヨーロッパ人と比較する気はなかったのである。アメリカ人を互いに比較し合うことを望んだのだ。[7]

ジェイムズがヨーロッパという場に立ってアメリカ人の問題を考察したのに対して、ハウエルズの国際小説は、とりもなおさず、アメリカにおける東と西の問題を扱ったものにほかならない。そして、その原型は『偶然知り合ったひと』であると言えよう。この作品はヨーロッパの色彩濃いケベック地方がその舞台の一部となっているが、いわゆる国際状況を扱うものではない。しかし、二人の中心人物であるボストン出身のマイルズ・アーバトンとニューヨーク州北西部に住むキティ・エリスンは、それぞれハウエルズの世界における相対立する基本的な基準・

価値体系を体現している。それは中西部で生まれ育ち、のち東部及びヨーロッパを体験したハウエルズ自身の内部における対立、ひいては当時の彼が免れることのできなかった作家としての方法論に関するディレンマの作品化でもある。東の基準はセンティメンタリスト（ロマンティシスト）としてヨーロッパに対する憧憬を動機として持ち、西のそれは、たとえ貧しい現実であっても、これを凝視することによって真実を把握しようとするアメリカ土着の精神を支柱とするリアリストのものである。このコントラストはハウエルズの作品に一貫して流れるものであり、これら二つの基準を同時に備える人物はこの作家の世界の中核的存在となっている。このような役割を与えられているのは、作品の視点として機能する観察者であることが多い。

これら二つの相対立する基準を備えた観察者を複合視点と呼ぶ。ヒギンスンが「二重の視点」(double point of view) と呼ぶものに近い。[8] 旅行記も含めた初期の作品では、この視点が抱える対立する立場の相克が劇的要素となっている。最初の旅行記『ヴェニスの生活』は観察者ハウエルズとヴェニスの風景との間の一種のドラマではなかったか。それはリアリストを志しながら、図らずもロマンティシストたることを露呈してしまう作者本人を、言い換えるなら、分裂したその個性を描き出している。感傷主義のヴェールを脱いだヴェニスを写すことを目指しながら、観察者はありのままのヴェニスではなく、歴史の光におぼろに輝くヴェニスを視てしまうのである。『ボストン郊外のスケッチ』の場合、ロマンティシスト・リアリストの複合視点は、ボストン近郊の散文的な風景に対してロマンティックなアプローチとリアリスティックなアプローチとを併用することを余儀なくされた結果のディレンマを跡づけてみせる。『二人の新婚旅行』では、マーチ夫妻がそれぞれリアリストとロマンティシストの立場を分け、互いに相手の基準を批判する。ボストンの基準から逸脱しそうになるバジルとそれに固執するイザベルとの衝突が二人の間に緊迫した空気を醸成し、新婚旅行に翳りを与える。これらの例は、ハウエルズにおける視点（あるいは観察者）が、単に客体を映し出す鏡としての機能的存在にとどまらず、人生との重要な接点として中心的な存在となっていることを物語っている。ジョージ・C・キャリントン・ジュニアの言葉を借りるなら、それは「人間関係の原型」[9]である。ここで再びジェイムズの場合と比較するならば、この視点はジェイムズの最もよく統制のとれた作品において、構成上の中心となり、かつ、その世界を混乱から救う透徹した中心の意識とは異質のものである。ハウエルズの複合視点は、二つの立場が競合する複合体であるが故に、この視点の判断は事態を解明するどころかむしろ混乱させずにはおかない。

第二節　『既定の結末』の場合

『既定の結末』の視点はヘンリー・フェリスである。ヴェニス駐在のアメリカ領事であるこの男は、ドン・イッポリトとフロリダの共通の友人として厄介な事態に巻き込まれる。フロリダに対しては、僧侶をイタリア語の教師として彼女に紹介した責任者であり、ドン・イッポリトに対しては、同じフロリダを愛する競争者となってしまったフェリスは、どちらに対しても公平な姿勢を保つことが極めて困難な立場に立たされている。事件に直接の利害関係を持つ視点として、彼もまた積極的な行為者である。ドン・イッポリトがフェリスにフロリダへの愛を告げる十四章以後は、フェリスのディレンマの描出が中心となって、物語はジェイムズ流に言えば、彼の意識のドラマの様相を呈してくることに注目したい。すなわち、フェリスはこの作品の構成の中心であり、主題である。[10] この作品をフェリスの物語として読むならば、それは真実探求の試みとその失敗ということになろう。

ヘンリー・フェリスは領事という実務家であり、同時に画家でもある。実務の世界と芸術の世界の混合体である彼は、いずれの世界にも徹し切れずにいる。彼自身は、本業は画家であると思っている。作中で彼が「画家のお方」（the Painter）と指示されることが多いのはそのためであろう。しかし、本業であるはずの画業の方も彼にとっては所詮、個人的な楽しみ以上のものではない。領事職にも画業にも徹しきれない彼の姿勢はディレッタントのそれである。南北戦争に参加しながら「大した兵士でなかった」のも、そのためにほかならない。ディレッタント・フェリスのこの不毛性は彼が実務家にふさわしい性格の持主ではないことを示している。彼が夢想家ドン・イッポリトの詩的発明品やアメリカ行きの計画を評して「現実離れしている」と繰り返すとき、それは皮肉にも彼自身の一面を指す言葉となるのである。彼もまたこの僧侶と同じようにロマンティシストである。

フェリスにとっての最大の関心事はドン・イッポリトをどのように解釈すべきか、つまり、画趣には富むが「胡散臭い」（dubious）この客体をどのように画布の上に捉えるべきか、ということである。その意味で、フェリスの描くドン・イッポリトの肖像画は、この作品の諸要素を統合する重要な役割を与えられていると言える。先ず、それは複合視点であるフェリスを分析する上での興味ある鍵となっている。そればかりでなく、彼の描いた何枚かの肖像画の一点は、僧侶の死後、彼とフロリダとのアメリカでの再会のきっかけとなる。これは三人をめぐる「悲喜こもごもの出来事の終局」[11]（a tragico-comic end of the whole business）であると同時に、三人を再び一つの輪に結び付けることによって形式《フォーム》の上からも物語を終結へと導くものとなる。彼ら三人はあたかも真実を主題とする輪舞曲《ロンド》を踊っているかのように、各々が踊りの相手に彼（又は彼女）が知り得ない真実を明らかにする。すなわち、フェリスはフロリダが僧侶ドン・イッポリトの愛を受け容れることは決してないことを早くから見抜き（'a foregone conclusion'）、フロリダは真実の鏡となって僧侶に彼自身の真の姿を認識させ、僧侶はフロリダの愛がフェリスに注がれていることを彼に告げる。

画家としての彼の姿勢もまた定まらない。彼はリアリストであると同時に、それと同じ強さをもって彼を支配しているロマンティックな方法への傾斜を避けることができずにいる。彼は最初の段階から、モデルである僧侶の表情に見られる「悲しげな無垢」に惹かれそうになる。彼が僧侶の中に視ようとするものは、人間的な欲望をすべて犠牲にすることを強いられた悲壮な存在であり、ヴェニスという美しくも妖しい土地の中心となるにふさわしいロマンティックな姿容である。そのためには「オーストリアの支配下にあるヴェニスの人びとの」特徴である「抑圧された表情」を僧侶に与えなければならない。オーストリアの支配下にあるヴェニスの人びとには抑圧された表情が見えるものだ、という先入観、つまり本質とは関係のない、センティメンタルなヴェールを通して対象を眺める姿勢が、僧侶についての真実から彼を遠ざける危険性を有するものであることをフェリスは自覚していない。これに対してフロリダの先入観に囚われない目は、僧侶を「この世で最も純真で飾り気のない表情の持ち主で、異教徒でも殉教者でも反逆者でもない」[12]と見るのだが、フェリスはこの見方を未熟なものとして斥けてしまう。彼女の単純で無垢な性格は複合体としてのフェリスの経験と対照をなしている。彼女自身も高慢さと内気さとの奇妙な混合が魅力的な娘である。その矛盾する要素が周囲の人々を当惑させることはあっても、一貫して変らないのは、彼女が「眞実そのもの」(truth itself) であるという点である。しかし、自分自身に対して忠実であるべきだとの信念に基づく彼女の徹底した真実主義は、はるかに経験に富むフェリスの目には不可解で未熟なものとしか映らない。

僧侶を理解できないフェリスの失敗は、フロリダに対しても繰り返される。帰国の日も間近いフロリダが僧侶にアメリカ行きを熱心に勧め、結果的に彼の愛の告白を受ける羽目に陥る場面（十五章）をフェリスは木立の陰から眺めていた。僧侶の愛を拒んだフロリダは「彼に対する悲しみと憐れみと絶望の波」に襲われて彼を抱きしめる。フェリスは、愛情を感じてもいない男に対する彼女の振舞いを見て、「不実で無慈悲な」娘と判断してしまう。のちに事の真相(彼女が愛しているのはフェリスであること）を僧侶から聞かされるに及んで苦い思いに襲われる。フェリスがフロリダの愛を見抜くことができなかったことは、僧侶の純粋・無垢の前に彼の複合的性格と経験が敗れ去ったことを意味する痛烈な皮肉となっている。

フェリスの失敗はさらに続く。フロリダへの愛が報われずに終った僧侶の死後、最終章（十八章）の舞台はアメリカへ移る。この作品の最初の計画では、僧侶の死（十七章）で作品は完結する予定であった。しかし、この悲劇的結末を好まない当時の読者のために、出版社（ボストンのオズグッド）の意向によってさらに一章が書き加えられた事情がある。ジェイムズは、『北米評論』の一八七五年一月号の書評の中で、アメリカを舞台とする章を加えたことを、アメリカの作家の選択として認める、とはしながらも、十七章までのロマンティックな雰囲気と、あまりにも現実的なニューヨークの世界はそぐわない、と否定的な見解を述べている。[14] 書き加えられた最後の章について、作者自身はチャールズ・エリオット・ノートンに宛てた一八七四年一二月一二日付の書簡の中で、自らの選択によってなされたことではないが、これによって「作品の影が濃くなり、真実味が増した」と述べ、「すべての解釈を読者に委ねた、委ねたいと思った、自分の気持を完全に認めてくれた」ノートンに謝意を表わしている。[15] ハウエルズはこのいわゆるオープン・エンディングによってリアリズムに一歩、近づいた、ということであろう。それに対して、イタリアを舞台にしたこの作品にどこまでもロマンス性を求めたこの時期のジェイムズにむしろ注目すべきである。一八七〇年代前半のジェイムズの作品には依然としてロマンティックな要素が認められるものが多いのである。領事職を離れたフェリスはフロリダを追って帰国するが彼女と再会できぬまま過ごすうちに、ニューヨークの画廊に展示した僧侶の肖像画の前で、今は母親を失ったフロリダと再会し結婚する。先に述べたように、あたかも三人の人物による真実探求を主題とする輪舞曲《ロンド》のようなこの作品は、僧侶の肖像画を挟んで再会したフェリスとフロリダの結婚によって人物の相互関係が一つの輪として完結することになる。したがって、作品の形式の面から見ると、ジェイムズの指摘があるとはいえ、終章は十七章までの部分との有機的関連性に乏しいとは言えない。さらにこの部分で、以下に述べるように、フェリスの失敗を決定的なものにする事柄が明らかにされることにより、作者も述べているように「作品の影が濃くなって、」テーマの上でもより説得力を増す結果となっている。

フロリダと結婚した後も、僧侶の実像を見極めようとするフェリスの執念は変らない。彼はこう結論づけてみる。夢想家ドン・イッポリトは、環境の力に抑圧され、虚偽の人生を歩む哀れな自己の姿を想像力によって生み出し、それを唯一の「真実」として生きてきた者であり、フロリダへの愛も、同様に「優しい心が夢見た熱烈な恋心」ではなかったか、と。それでもやはり僧侶は彼にとって「解けぬ謎」であることに変りはない。それは、彼と知り合った直後にフロリダに向って「とにかく、あの男は訳がわからない」と述べた時から一歩も前進していないのである。

背後に隠された真実の存在を想像することによって生まれる、外見に対する不信と、事物をあるがままに捉え得ぬことは、複合視点の悲劇であり、リアリスト・フェリスの限界を示すものであると言ってよい。この点でフェリスは「デイジー・ミラー」のウインターボーンを思い起こさせる。（両者の類似については後段に述べる。）フェリスの悲劇は、彼の最大の課題であったドン・イッポリトに関する真実把握の失敗である。それは何故に不可能であったのか。この僧侶の生と死は、この問題についてのフェリスに与えられた教訓である。僧侶はその夢を実現することなく、彼にとっての真実を把握しかけた時に死を迎える。その死の意味は、想像力が生み出すヴィジョンを「真実」として固執してきた、現実から余りにも隔たったそのロマンティシズムの敗北である。所詮は幻想に過ぎないものを唯一の「真実」として固執する姿は、悲劇的というよりはむしろ滑稽であり、哀れを催させる。フェリスはロマンティストの陥りやすいこの危険を僧侶の死から読み取ったのであろうか。この作品の語り手（領事フェリスを「私の前任者の一人」と呼んでいるところから作者本人の姿が投影されていると考えられる）は、物語の最後のパラグラフを次のように締めくくっている。

時間が経つにつれて、厄介な人物というだけの存在になってしまったドン・イッポリト、――熱烈な恋心と激しい悲しみを抱いた男としても彼は記憶されることがなくなってしまった。たぶん、この哀れな僧侶が夢見ただけに終ってしまった幸福を手にした男の心から僧侶の思い出が消えてしまったことが、ドン・イッポリトの悲劇の最も悲劇的な部分ではないだろうか。[16]

フェリスは僧侶が得ることの出来なかったフロリダを得たのみで、彼の死から学ぶものはなかったのである。彼の心の中から消え去った僧侶は、僧侶自身の悲劇であると同時にフェリスの悲劇でもある。その限りにおいては、彼はおそらく同じような過ちを再び繰り返すであろう、語り手の口調にはその愚かさに対する無念の思いが込められている。さらにこの結末の部分に関連して第三の悲劇を挙げるならば、それはフェリスとフロリダとの結婚生活に見られる翳りである。高慢さと優しさとが奇妙に入り交った彼女の激しい性格はフェリスを相変わらず苦しめている。二人の対立する視点は依然として死んだ僧侶に対する見方を二分する。フェリスとフロリダの結婚は、作者自身のアメリカ優先の姿勢から見ると、同国人同士の結婚として自然な結末のようにも思えるが、結婚しても変らないフロリダの激しい性格に悩むフェリス、そして依然として平行線を描く僧侶に対する二人の見方は、我々に『二人の新婚旅行』のマーチ夫妻を思い起こさせる。リアリスト・バジルとセンティメンタリスト・イザベルの視点の衝突による緊張が旅行記の色彩濃いこの作品にドラマの要素を与えていた。フェリスとフロリダの場合も家庭生活に運命づけられた翳りから免れることはできない。この点はフェリスの選択が必ずしも妥当なものとは考えられないことを示唆すると同時に、危うさ・脆さを秘めた人間関係という人生の暗い渕に対する作者の意識を浮き彫りにする。その意味で「僧侶が夢見ただけに終ってしまった幸福を手にした男」という表現の中に、それが絶対的な幸福ではない故の皮肉が込められている。従って、書き継がれた最終章も一般の読者の期待に反して悲劇的な調子で終っている。しかし、それは僧侶の死を結末とした場合より一層陰影に富む多面的な人生を写し出す結果となったのである。

フロリダからデイジーへ

すでに述べたように、ハウエルズとジェイムズの初期の国際小説の間には有形無形の影響の跡が認められる。ハウエルズが創造した最初のアメリカ的性格キティ・エリスンについて、ジェイムズはこの作品の連載中から機会を捉えては称讃の言葉を述べている。第三章で挙げた例のほかにも一八七三年六月二二日付の作者本人宛の書簡には「キティは見事な想像力の産物だ」、「彼女は連載回数を重ねるごとに、現実に存在する完璧な、正真正銘の魅力的な人物になっていくのが感じ取れる」[17]と書かれている。さらにジェイムズがキティ以上に心を惹かれたフロリダの登場する『既定の結末』の書評―これは時間を置かずに二編も書かれている―においても再びキティに言及しながらフロリダを称讃している。

この作家(ハウエルズ)がこれまでに書いた最初の人物は『偶然知り合ったひと』の、魅力溢れる積極的な若い女性ミス・キティ・エリスンだが、彼はキティにきわめてふさわしい姉妹としてこの物語(『既定の結末』)のフロリダ・ヴァーヴェインを生み出した[18]

コーネリア・P・ケリーは、『ロデリック・ハドスン』や『アメリカ人』において女性の登場人物にほとんど重きを置かなかったジェイムズが、『ヨーロッパ人』、「国際挿話」、そして「デイジー・ミラー」において立て続けにアメリカ娘を創造したことに注目する。そしてジェイムズの側におけるこの方向転換には、何よりもアメリカ人作家の影響があったのではないか、と推測している。ケリーのこの見解は、ジェイムズに影響を与えた作家として先ず東西ヨーロッパの作家が挙げられる中で、一九六五年という比較的早い時期（ジェイムズ再評価が始まったのは一九四〇年代に入ってからである）にハウエルズの影響を指摘した点において高く評価されるべきである。[19]

『既定の結末』における複合視点としてのフェリスに検討を加えた際に、この作品がフェリスの意識のドラマともなる、と述べたが、ジェイムズの「デイジー・ミラー」において、デイジーの本質を見抜こうと努める複合視点ウインターボーンの迷走も意識のドラマの様相を見せる。ともにイタリアを主な舞台とする『既定の結末』と「デイジー・ミラー」は、類似点を挙げようとすると思いのほかその数は多い。ジェイムズの強い関心の的となったハウエルズの二人のヒロインは、「デイジー・ミラー」を書くジェイムズにとって無視することのできないモデルであったと言ってよい。

「デイジー・ミラー」を発表した当時のヘンリー・ジェイムズは、一八七六年一一月にロンドンに腰を据えて以来、時折、パリ、ローマを旅行するという生活を続けていた。一八七六年から七七年にかけて長編小説『アメリカ人』がハウエルズの手で『アトランティック』に連載されたその同じ年の秋に、ジェイムズはローマで友人が口にしたある型破りなアメリカ人母娘の話[20]を耳にする。それは初めて耳にする話であった。ジェイムズの創作過程の常として、小耳に挟んだこのささやかな逸話から生まれた作品が「デイジー・ミラー」である。発表に際してアメリカの『リピンコット・マガジン』(The *Lippincott's Magazine*) がこれを「アメリカ娘に対する侮辱」(an outrage on American girlhood) と見做して拒否したために[21]、イギリスの『コーンヒル・マガジン』が一八七八年六月から七月にかけて連載したいきさつがある。

『既定の結末』と「デイジー・ミラー」のヒロインは相容れない二つの要素が奇妙に入り交った複合の性格の持主であるばかりでなく、彼女らと関わり合うフェリスとウインターボーンの二人も同様に複合の視点の持主である。特にフロリダとデイジーはアメリカ小説の展開において「次第に複合性の度を増していく性格を深く追求した」[22]性格創造の例とされている。本論においては、複合視点である男性人物を第一義的な検討対象としたのでヒロインについては取り上げることが少なかったが、ここでフロリダの性格を見てみよう。彼女は内気さと高慢さ、ぎこちなさと反抗の態度が入り交った魅力的な性格である。[23]病弱の母親を気遣って時折見せるやさしさが激しい性格を和らげるのに役立っているが、周囲の人びとから母親を守ろうとして見せる攻撃的な態度がフェリスやドン・イッポリトを屢々苦しめる。一度ドン・イッポリトが母親に対して献身的なフロリダを褒めたとき、干渉されたことに腹を立てた彼女はイッポリトを平手で打つ。後でフロリダは自分の非を詫びるが、攻撃的な態度から非を認める態度への変化があまりにも急なので周囲の人々は真意を計りかねて当惑する。これは一旦、自分の過ちに気づけばその償いにいささかのためらいも見せない彼女の率直で正直な性格の故なのである。それが禍して、自分の気持を偽ってまで僧職に留まるべきではないという、彼女の熱心な助言を自分に対する愛と僧侶が誤解してしまう。フロリダがドン・イッポリトを僧籍にある者としてではなく、一人の人間として見るということが——そのような見方は真実に忠実であろうとするフロリダの本質を考えれば必然的なものであるが——相手にどのような影響を与えるかをよく理解せずに、熱心に僧籍離脱とアメリカ行きを薦め、彼の愛の告白を受けることになるのは皮肉なことであり、それ以上に残酷なことである。フロリダの内にある相反する要素の絶えざるせめぎ合いと瞬時のバランスは彼女をきわめて劇的な存在としている。フロリダはその名が表すようにフロリダの土地に生まれた情熱的な娘であるが、自らの過ちに気付く賢明さと、それを率直に認める勇気とを備えた道徳意識の高さを本質としている。ジェイムズは『北米評論』に発表した『既定の結末』についての第一の書評（一八七五年一月）の中で、ハウエルズは「女性の論理を解く鍵を握り、女性の狂気の中に一つの筋道を見出す数少ない作家の一人である」[24]と讃えている。

二つの作品の間には登場人物の配置にも共通点が認められる。『既定の結末』の主要な四人の登場人物は、緻密に計算された位置関係を互いに保っている。彼らの間には幾つかの対立点が見られ、その相克が劇的緊張を盛り上げている。最小限の数の人物間の人間関係を視点的人物フェリスを通して描くことにより、一般にはハウエルズのものではないと考えられている心理主義的リアリズムの作品が生まれることになった。[25] 一方、「デイジー・ミラー」では「本能」と「理性」の両極に引き裂かれる、複合の視点の持主ウインターボーンと、これまたさらに清純かつ大胆という複合の性格の持主デイジーに対して、単純素朴なイタリア人ジョヴァネリ(Giovanelli)とミセス・ミラーが配置されている。

フェリスがそうであったように、ウインターボーンも「美の愛好家」(a lover of the picturesque)[26] で、実務の世界と離れて暮らすディレッタントである。アメリカ人ではあるがカルヴィニズムの中心地ジュネーヴで教育を受けた彼の内部では、ジュネーヴの基準と既に薄れかけて来たアメリカの基準とが奇妙に入り交っている。第一部の舞台であるスイスのヴェヴェイはレマン湖を挟んでジュネーヴと向かい合って位置するが、夏季の明るく開放的な雰囲気はアメリカの海水浴場を連想させる。この相異なる二つの局面をもつ外的状況はウインターボーンの複合視点と照応するものであることは言うまでもない。第一部の開放的な雰囲気に対して、

第二部の舞台ローマは社交界の習慣の厳しい土地である。第一部と第二部との間にみられるこの対照は、デイジィに対して次第に厳しくなるウインターボーンの態度と一致する。フェリスの視点と同様に、ウインターボーンの複合視点は統一をもたらすものではなく混乱を生み出す視点である。湖畔のホテル・トロワ・クーローヌの庭でデイジーと出会ったウインターボーンの反応は次のように語られている。アメリカでは男友達とも自由に交際している、と可愛らしい目をして軽く微笑しながら語るデイジーを「彼は面白い娘だと思い、また途方に暮れ、そして間違いなくうっとり聞きほれてしまったのは気の毒に思えるほどだった。」

彼は若い娘がこんな風に自分のことを語るのを耳にしたことがなかった。そういうことを口にするのは、ふしだらな娘だということを証明するように思われる場合でもなければ、決してなかったことだった。だがミス・デイジー・ミラーを、ジュネーヴで言われているような実際に「不品行」な娘だとか、将来そうなる可能性があるとか言って非難することができるだろうか。[27]

知り合ったばかりのデイジーからウインターボーンが受けた印象は、彼自身の二重性と彼には比較の基準がないこの娘の複合的な性格の故に多様で一貫性を欠くものとなっている。フェリスにとってのドン・イッポリトの如く、ウインターボーンにとってのデイジーは最後の瞬間まで彼を当惑させ続けるのである。

ローマの月光のコロシュウムでデイジーとジョヴァネリの姿を発見したウインターボーンは、彼女を取るに足りない娘と断定し、謎は解けたと結論する。このクライマックスはハウエルズの作品における、月光の庭園でのドン・イッポリトに対するフロリダの振舞いを誤解したフェリスが、彼女を「無神経極まりない娘」(a perfect brute)[28]と断定するクライマックス(十五章)に似通う。彼らがその過てる判断に気付き、真実に直面するのは、失われたものの回復が容易でなくなった時である。フェリスは皮肉な巡り合わせでフロリダを得ることができるが、彼らの結婚生活には一抹の翳りが見える。一方、ウインターボーンにとってデイジーは永遠に失われたままである。彼が軽蔑するジョヴァネリが、彼女の本質を見抜いていたということは皮肉な結末ではあるが、先入観に囚われずに対象をあるがままに見る姿勢の勝利を意味する。フェリスの敗北も先入観をもって僧侶を見ようとした視点の悲劇であった。かれがその悲劇の教訓を活かすことが出来なかったように、ウインターボーンもまた苦い教訓を忘れて元の不毛の生活に戻っていく。ジュネーヴからは、「彼が引き続きその土地に滞在している理由について、いとも矛盾した話」が伝えられてくる。それは「彼が噂されているように、いわゆる研究にいそしんでいる、という話――しかしまた、研究どころか才気溢れる他国の婦人にたいそう御執心だということを暗示する話」[29]である。この結末にはデイジーの本質を見抜くことも、したがって彼に寄せる彼女の想いに応えることもできなかったウインターボーンの愚かさに対する作者の非難（それはデイジーに対する作者の憐みを含む同情と表裏をなす）が込められている。『既定の結末』と「デイジー・ミラー」はともに、真実の探求において、先入主に囚われない純真な視点が複合視点に対して収める勝利を描いてみせる。すなわち、真実をいかに把握すべきか、その模索の過程を示したものであると言えよう。

複合視点のもつ矛盾のためにフェリスが真実を把握することが出来なかったことにより、ドン・イッポリトは彼にとって、そしてまた読者にとっても謎のまま残された。リアリスト・フェリスの露呈した限界にもかかわらず、この作品はハウエルズのリアリズム確立への確実な一歩である。『偶然知り合ったひと』では感傷主義を否定してキティの表わす現実主義を選択したが、この作品においては逆に僧侶の死とロマンティシスト・フェリスの悲劇を通して感傷主義の敗北を描くことによって間接的に現実主義肯定の姿勢を示したと言える。

第三節　『アルーストゥク号の婦人』と『重い責任』

一八六五年にイタリアから帰国した後も、ハウエルズはかの地に対する憧れを抱き続け、イタリアの美しくも妖しい素材の魅力に取り憑かれていた。しかしその一方で、アメリカの平凡な現実の中に真実を見出そうと努めてきた彼は、一八七八年六月二日付のマーク・トウェインに宛てた書簡の中で「まさか、と思われるだろうが、ヨーロッパに憧れる気持をすっかり乗り越えたと思う」[30]と書き記している。オズグッド、オールドリッチ、ジョン・ヘイ、ブレット・ハートら友人・知人がヨーロッパへ出掛ける中でのことである。この時、ハウエルズは『未発見の国』(*The Undiscovered Country*)と『女の分別』(*A Woman's Reason*)の執筆を中断して『アルーストゥク号の婦人』に取り組んでいた。このことに関連してアネット・カーは次のような見解を提示している。この時期に「デイジー・ミラー」の連載が始まったことを考慮に入れると、二人の作品は時を同じくして同じ衝動に、つまり「社交道徳という大問題に対するヨーロッパとアメリカ双方の解決方法を考察したいとの気持に突き動かされたのである。」[31]このほかに次の二つの点がその理由として考えられる。第一は、その明確な根拠はハウエルズ自身の残した書簡類には見出せないが、「デイジー・ミラー」の発表を知って、同様の問題を扱った作品の発表をせかされたのではないか、第二に、新しい分野の開拓の試みとしてアメリカ社会の問題を扱った二つの作品（『未発見の国』と『女の分別』）に先んじて『アルーストゥク号の婦人』の執筆に専念したのは、イタリアとアメリカの間で揺れる気持に区切りをつける意味があったのではないか、と考えられる。そうであるとしても、果たして区切りがつけられたのかどうかが問題として残る。

物語はアルーストゥク号の婦人客であるリディア・ブラッドを中心に展開する。リディアは優美な容姿に加えて美声の持主で、性格は単純素朴、そして自立心が強い。「アメリカ娘の美貌はとり立てて言うまでもない、ごく当たり前のこと」と言われるように、リディアはアメリカ娘の典型として描かれている。伯母にその美声を見込まれたリディアは、声楽の勉強のために彼女を頼ってヴェニスへ向う。このヒロインを見守る観察者の役割を与えられているのは、彼女と同じ船に乗り合わせたボストン出身の二人の青年――ミスター・ダナム（Mr. Dunham）とミスター・スタニフォード（Mr. Staniford）である。ダナムが因襲的なものの見方の持主で婚約者の女性も上流社会出身であるのに対して、スタニフォードはヨーロッパ旅行の経験もある因襲に囚われない自由な考えの持主である。アマチュアの芸術家として明らかにフェリスの流れを汲む彼は、それまでは人生のアマチュアでもあったが、将来は自分で生計を立てる積もりで仕事を探している。彼は『偶然知り合ったひと』のアーバトンの冷たさとは異なる、辛辣なものの見方の背後に潜む暖かい人の善さを持ち合わせている。

スタニフォードはリディアの美点を正確に摑み取る。彼女はマサチュセッツ州の山村サウス・ブラッドフィールド育ちらしく、「ニューイングランドの路辺に息づく野生のバラの蕾」[32]に譬えられている。彼女の「春の水のような」「瑞々しい健全な心」や「誠実さ」という特質は、静かだが荒涼たる、そして寡黙な人びとの住む山村が育てたものである。彼女の美点はアルーストゥク号という隔離された世界の中で拡大・強化されて読者に訴えてくる。リディアがこの貨物船でただ一人の婦人客であるという状況は、当時の社会慣習に照らして考えると異常に思われる設定であるが、彼女の性格を浮き彫りにするためには特に効果的である。彼女が山村育ちであるための、書物に対する興味の欠如や洗練された会話技術の不足という欠点も、比較の対象が不在であるために、さほど強く意識されないのである。船の中の世界からヴェニスへ場面が移ると、道徳的に堕落した人びとの世界の中で彼女は一層光を放つ。しかしヴェニスを舞台とする部分は船上の生活を描く部分に比較して少なく、また型通りに描かれているだけである。

ヴェニスの伯母夫妻は女客一人の船上生活を知って驚く。風習の相違に目を開かれたリディアは衝撃を受けて帰国を考えるが、彼女を追ってやって来たスタニフォードと結婚し、帰国後は二人でカリフォルニアの牧場経営に携わる。スタニフォードのこの選択は予測されていたことである。彼は船上で、この旅に出て来たことを後悔していないかと尋ねるダナムに答えて次のように言う。

「ヨーロッパをちょっぴり経験することはいいことだと思うんだ、差し当たり、というか、決心がつかないうちは。僕の理解では、ヨーロッパという所は、居場所を見つけられないアメリカ人にふさわしい場所だ。どこへ行くか決心がついたら故郷へ戻るよ。」[33]

そしてアメリカの西部が最終的な選択の地となる、という見通しが語られる。スタニフォードとリディアの結婚後、彼が結局カリフォルニアを落ち着き先として選んだことに対してダナム夫人はボストンの高慢な視点から皮肉たっぷりにこう述べる。リディアが野卑な田舎娘だから、それは最も賢明な選択である。こうしたことを考え併せると、この作品は一見、ヨーロッパとアメリカの問題を扱っているようでいて実はアメリカの東と西の問題が中心である、と言うことができる。ジョン・W・クラウリィは先に引用したアネット・カーに対する反論として書いた「大洋間の挿話――『アルーストゥク号の婦人』」のなかで、この章の冒頭部分で引いたT・W・ヒギンスンの見解を支持している。[34] したがって、カーはハウエルズのこの作品と「デイジー・ミラー」の細部に及ぶ類似点を指摘しているが、二つの作品の基調はまったく異なる、と筆者も考える。ハウエルズの西部志向は、一八六二年四月二六日付の妹ヴィクトリア宛てのヴェニスからの書簡の中の言葉――「帰国したらオレゴンへ行こう。ヨーロッパ文明の影響からなるべく遠く離れた所で暮らしたい」[35] に見られる。先に引いたマーク・トウェインに書き送った言葉より十六年も前のことである。

帰国後スタニフォード夫妻はマサチュセッツの村を訪れる。スタニフォードは厳冬の荒涼たる風景に失望し、リディアの美点を凍らせるような土地から彼女を連れ出すことができたことを喜ぶ。リディアの祖父をはじめとする家族が、スタニフォードからさしたる印象を受けないのはこの土地の人びとの凍りついた精神のためである。スタニフォードのアメリカ（の西部）選択の裏付けとなるもう一つの場合として、ヴェニスに住んでいたリディアの伯母夫妻の帰米がある。伯母は長期に亘るヨーロッパ生活にも拘わらず、アメリカ人気質を多分に残しており、英国人の夫はアメリカの国民性と言語に強い関心を寄せている。そして、これまた西部サンフランシスコに落ち着いた夫妻は「この上ない休息と快適な気分」を味わっている。

一見あまりにも明快なこの結末が示すように、ハウエルズの西部志向、すなわちアメリカへの傾倒は疑問の余地のないものになったと考えるべきであろうか。ここで注目すべき点は、スタニフォードとリディアの結婚が周囲の人々にとって、いつまでも納得できない「謎」であった、という語り手の説明である。リディアにとってもスタニフォードにとってもそれが最も望ましい結論であると納得した者がいない、ということである。この結論と西部住まいの肯定がリディアを見下しているダナム夫人の皮肉であれ、それを否定するのがスタニフォードを積極的に評価しないリディアの祖父ら寒村の住民の偏狭な見方によるものであれ、このことは、二人の結婚と西部住いが必ずしも最終的かつ最善の選択とは限らない、ということをそれとなく語っているのである。しかし、スタニフォードの柔軟な姿勢を考えると、逆にダナム夫人やリディアの祖父らの愚かさを嗤っている、との解釈も可能になる。この相反する二様の解釈の可能性は、作者自身の揺れる心の反映とも考えられる。次に取り上げる作品においても作者の心はアメリカとヨーロッパとの間で引き裂かれていることを考慮すると、この作品において問題が解決したとは考えにくいのである。

『重い責任』はハウエルズが小説家として自信を抱き始めた頃、そして創作に専念する時間を確保するために『アトランティック・マンスリー』を離れた直後の一八八一年四月に完成した作品である。物語はアメリカ娘のヴェニスにおける恋愛事件を扱う。[36]

歴史学の教授オーエン・エルモア（Owen Elmore）は、南北戦争勃発後、大学が閉鎖されたために、ヴェニスの歴史を執筆する目的で妻を伴い現地へ赴く。オーストリアの支配下にあるヴェニスでの生活は、イタリア人の手前、オーストリア人と交際する自由を奪われ、とりわけエルモア夫人には退屈極まりないものになっている。そこへ夫妻の友人の妹であるリリー・メイヒュー（Lily Mayhew）がアメリカからやって来る。彼女を巡るオーストリアの将校やアメリカの領事らとの恋愛事件が教授に「重い責任」を負わせることになる。ここで扱われていることは、ハウエルズ夫妻の一八六三年当時のヴェニスでの生活と関連がある。リリー・メイヒューをめぐる物語は、一八六三年の秋に夫妻のもとへやって来たミセス・ハウエルズの妹の体験に基づいていると言われている。

エルモアはリリーの保護者として彼女の恋愛の成り行きを見守り、助言を与え、また積極的に介入する。リリーが直面する状況の変化に応じて揺れる彼の心の動きがドラマの中心となってくる。彼自身がヨーロッパの社会・政治情勢の影響を免れることのできない外国人居住者であること、[37]また彼に負わされた「重い責任」から生まれる道徳的努力という二つの困難な状況が、彼の苦悩をより一層大きなものにする。ここにおいてこの作品の中心人物はエルモア自身となる。「中立が孤独を意味する」[38]ヴェニスにおいて、彼はリリーに将校との結婚を諦めさせるか、あるいはその実現に力を貸すべきか思い迷う。彼がリリーの心情を十分斟酌することなく、二人の仲を引き裂こうとするのは、ヴェニスの社会の厳しい男女交際の掟のためばかりではない。彼は国際結婚そのものに否定的なのである。民族・言語・習慣の相違が相互理解を阻む上に、ヴェニスの現状を考えると彼女は孤立する虞がある、と述べて将校との交際を思い留まらせようとする教授に向って、リリーは将校と結婚するつもりはない、と爽やかに言い放つ。[39]彼の困惑とディレンマは、リリーの一貫した冷静な態度とエルモア夫人の理解ある姿勢に比較すると、深刻すぎてむしろ喜劇的な印象を与えかねないほどである。しかし彼は、リリーを説得するのは「たぶん、自分自身を納得させるためなのだ」[40]と語る。この言葉には、アメリカ人として異国に暮らすことから生じるさまざまな問題に結論を出さねばならぬ、というハウエルズ自身の焦り、この問題に決着をつけるべき時期が来ていると感じている彼自身の偽らざる思いが込められている、と考えられる。

ヴェニスの生活に馴染めないエルモア夫人は憂鬱になっている。南北戦争の戦況に関心を寄せ、戦前のアメリカは失われてしまったと感じている。一方、教授は過去（歴史）に関心を寄せ、ヨーロッパに順応し、その価値を評価し始めている。バジルとイザベルの夫婦の間の意見の対立を思わせるこの夫婦の対照的なアメリカ観・ヨーロッパ観は、ハウエルズ自身の内部における分裂した心境を示すものと解釈できる。ヨーロッパを旅行するアメリカの若い女性にしてやれることは、「パーティや恋愛遊戯から遠ざけて」、「歴史に、芸術に、人類の問題に多少の関心をもってもらうことだ」と言うエルモアに対して夫人は反論する。「あの娘たちは今のままで誰にも負けないくらい感じのよい存在ですよ。長い間、古い史料に埋もれていらしたから、今という時期があることをお忘れになったのね。そんなにヨーロッパの空気に染まってしまわれるなら、早くアメリカへ帰った方がよさそうですね。」[41] アメリカ娘の在り方を現状のまま肯定する夫人に対して、リリーの保護者として「慎重かつ良心的な男の役割」[42]を演じてきたエルモアの努力が、彼女の自由を奪いかねないほど彼自身がヨーロッパ化してしまったことの結果だとすれば、ディレンマに苦しみながらのその努力が一層喜劇的、かつむなしいものに思えてくるのである。のちに、リリーと将校が共に傷つけられたことを知ったエルモアの心の中には「このロマンスの悲劇」だけしか残らない。帰国したリリーは、その後一段と成長した、との知らせが伝えられてくる。教授は自己を規制することのできるリリーの生き方を知って一層後悔の念を覚える。それればかりか、出版された彼のヴェニスの歴史は不評である。それが次第にヨーロッパ化された彼が支払うべき代償であるとすれば、作者自身の選択の方向は自づと明らかである。そして読者は西部で結婚したリリーの幸福な生活を知ることになる。ここに、キティに始まり、リディアを経てきたハウエルズの西部志向の形がある。

　リリーは才気渙発の知的な娘で純眞な子供の陽気さをも備えている。リディアの純眞さと同じものを持っている。ジェイムズ・ウッドレスがこのリリーにデイジー・ミラーの影を見たくなる[43]のは、ヴェニスの慣習を無視した彼女の恋愛事件の故だが、彼女は自分が経験に乏しいことを承知しているからこそ、最善を尽し、感情に流されずに冷静に判断すべきだと心得ている。この作品そのものに対する評価は概して低いが、リリーの毅然として爽やかな態度はハウエルズの生み出したアメリカ娘の中にあって無視できない存在である。

　これまでに検討してきた三つの作品では、いずれの場合も中心人物の最終的な決断・選択の結果が必ずしも満足すべきものではなく、彼らはその後も心の迷いを拭い去ることができずにいる。このことは『重い責任』の結末において特に顕著である。国際テーマを扱うハウエルズの最後の作品と言うべき『小春日和』は、視点的人物と中心人物の一致によって結末にいたるまでの彼のディレンマは一層前面に押し出されているが、最後に示された選択は三人の前任者とは異なる心境に彼が達したことを示している。

第五章　ジェイムズの評伝『ホーソーン』を巡って
――批評し合うハウエルズとジェイムズ

ハウエルズとジェイムズはほぼ半世紀に亙って互いに力となり、時に反撥し合い、直接・間接の影響を与え合う間柄にあった。彼らはそれぞれに作家としての相手の特質や特定の作品について論じた評論・書評を数多く残している。作品の構想の段階で、また作品が発表されるたびに、相手の作家人生における節目の折に、書簡の中で、あるいは書評や評論の形で書き続けられたものである。それらはいずれも十九世紀の文人批評家の特徴をよく表わすもので、批評の対象である相手を論じながら、巧まずして無意識のうちに評者自身の文学を、作家としての信条・姿勢を語るものとなっている。また二人は共にニューイングランドの先輩作家ナサニエル・ホーソーンから多大の影響を受けている。彼らのホーソーン論はそれぞれの立場を鮮明に示すものとなっており、中でもジェイムズの評伝『ホーソーン』（*Hawthorne*, 一八七九）と彼の見解に対する反論となったハウエルズの書評（一八八〇）は、これら二人の作家の特質を物語る代表的なものとなっている。一八七〇年代から八〇年代初めにかけてのハウエルズとジェイムズは、ヨーロッパ生活を経験したのち、アメリカの作家として、歩むべき方向の選択を迫られていた。そのような背景の中で行われた二人の論争とそれが意味するところを考えてみたい。

第一節　ジェイムズの評伝『ホーソーン』

一八七九年に英国のマクミラン社から出版されたジェイムズの評伝『ホーソーン』[1]は、十二巻本の「英国作家叢書」の中の一冊である。取り上げられた作家の中でホーソーンだけがアメリカの作家であるなら、その執筆者ジェイムズもただ一人のアメリカ人であった。そのような事情から、当時英国に滞在していたジェイムズがこの仕事にかけた意気込み・気負いは決して小さくはなかったであろうと想像することは自然であろう。またトニー・タナーが指摘しているように、当時の文壇において未だ確固たる地歩を確立していなかったジェイムズの立場[2]を考慮すれば、気負いを感じない方がむしろ不自然である。伝記的事実については、執筆に当ってアメリカから取り寄せたホーソーンの女婿ジョージ・パースンズ・ラスロップ（George Parsons Lathrop）の『ホーソーン研究』（*A Study of Hawthorne*, 一八七六）に依存したものの、彼自身の言葉によると、それは「かなり慎重に想を練った仕事」（a tolerably deliberate and meditated performance）[3]であった。

ジェイムズの気負いはこのような外的状況からのみ生じたわけではない。それよりもむしろ、ホーソーンという同国人作家の存在の意味とより深く関わっていたようである。ジェイムズの自叙伝『息子と弟としての覚え書』（*Notes of a Son and Brother*, 一九一四）の中に、若き日におけるホーソーン発見について記した一節がある。[4]ジェイムズが二十一才の時、ボストンのアシュバートン・プレイス（Ashburton Place）に住む彼のもとにホーソーンの死（一八六四年五月一八日）のニュースが届く。南北戦争終結前後の沸騰した熱っぽい空気の中で震えおののく国民の意識や六五年春のリンカーン暗殺のニュースなどと溶け合ってジェイムズの心に深く刻みつけられてしまったこの出来事は、彼の意識に対する異常なまでの直撃であった、と記されている。それはその何週間か前に彼がこの先輩作家についてある重要な発見を果たしていたからであった。

（ホーソーンの作品に漲っている）美しい調子は、――とにかく私にとっては――間違いなくアメリカのものであった。このことは、アメリカの素材がアメリカ人の手によって十分に利用可能なものであることを証明するものだった。それが可能だということは、実に適切な教訓を齎らすことのように思えた。その教訓とは、アメリカ人はヨーロッパへ出向かずとも、芸術家となり得る、この上なく優秀な芸術家の仲間入りができるということだ、と言いたい。[5]

（傍点筆者）

ジェイムズのホーソーン発見はこの引用文中の傍点を打った部分に示されているように、アメリカ人が修行のためにヨーロッパへ出向くことなく立派な芸術家になり得ることを身を以って示したのがホーソーンだということである。ホーソーンの没年である一八六四年という年は、ジェイムズが作家としてデビューした年でもあることを考慮に入れると、すでにヨーロッパを経験して、常にヨーロッパとの比較の上でアメリカを見る習慣を身につけていた当時のジェイムズにとって、ホーソーンは一つの啓示ともいえる理想の芸術家像であった。したがってその後のジェイムズは、特に一八七〇年代を通じて、いかにすればアメリカに留まったまま芸術家としての高みに登りつめることが可能であるかを考え続けることになる。

ところが、このような内と外からの推進力を受けて書かれた評伝『ホーソーン』の冒頭に提示された主調音は、あまりにも有名になった「教訓」——

芸術は深い土壌でのみその花を開く。僅かな文学を生み出すためには膨大なる歴史が必要である。作家が活動を始めるためには複合体としての社会機構が必要である。[6]

というものであった。決して豊かであるとはいえないアメリカの、ニューイングランドの、そしてセイラムの土壌は芸術家の活動の場として十分であるとは言えない。この矛盾した認識、即ちアメリカが生んだ偉大な芸術家としてのホーソーン像と、そのホーソーンを生んだアメリカの土壌に対する否定的な評価との間の食い違いは何を意味するのであろうか。

ジェイムズの評伝『ホーソーン』は、芸術家を育むにはふさわしくない土壌で創作活動に従事したホーソーンの苦労に共感を示しながら、ジェイムズ自身の進むべき方向を示唆した書物である。そのような性格の書物として読むならば、その意味で示唆的な記述を選び出すことは比較的容易である。一例を挙げよう。

ホーソーンが開放的で好奇心の強い性格の持主でなかったこと、非常に孤独な暮らしをしており、自分の置かれた環境を問題にすることはほとんどなかったこと、—これはホーソーンにとって、たぶん天佑であったと思われる。仮にホーソーンが厳しい、意欲的な性格の人物であったなら、仮に欲望は大きく、知識は多様であったなら、セイラムの世界はおそらく耐えられないほど狭いものに思えたことであろう。[7]

ホーソーンの性格に言及したこの箇所で、内向的性格、孤独癖そして外部からの知的刺戟に乏しい生活環境とがセイラムという限定された世界に対して疑問を抱かせずに済んだのであろう、とジェイムズは判断する。それは翻って、幼年時代に早くもアメリカがヨーロッパとは異なる国であることを意識し、ヨーロッパからの最新情報に接し、ヨーロッパとの再会を常に切望していたジェイムズ自身にとっては、最新号の『パンチ』(*Punch*)誌のインクの香りを書店で嗅ぐことのできるニューヨークですら、限られた狭い世界であったということを意味している。ジェイムズはこの書物の中でアメリカを、ニューイングランドを、そしてセイラムを「一地方」(provincial)と形容しているが、その意味では彼自身にとってのニューヨークもまた「一地方」以上のものではなかったのである。ジェイムズがある地域を「一地方の」と形容するとき、それは文化の面で未成熟な世界を意味している。ジェイムズにとって成熟した社会とは、「複合体としての社会機構」を備えた世界である。そこには「ヨーロッパで用いられる意味での国家」(State,' in the European sense of the world)、「君主」(sovereign)、「宮廷」(court)、「貴族階級」(aristocracy)、「古いカントリーハウス」(old country-house) などの制度や施設が高度な文化の指標として存在する。古い歴史を刻んだこれらの制度や施設は、社会組織の厚みと肌目の細かさを決定する要素である。とりわけ社会を観察・探求の場とする小説家にとってこのことは無視できない。それらは作品生成の過程において、ジェイムズの好む比喩を用いていえば、作品の一場面を意味する一枚の絵の構図を決定するのに必須の要素なのである。一八七〇年に発表された旅のスケッチ「チェスター」("Chester") において、ジェイムズは幼年時代を古いものに囲まれて過ごしたヨーロッパの作家について次のように述べている。

大人になって過去を振り返ってみると、若い頃、思いがけなく出会ったものが一つ一つ、偉大な画家でさえ、それに相当する技術をまったく持ち合わせないほどの魔術の働きで、目に見えるように、一枚の絵画の「構図としてまとまる」ことを知らぬ者はいない。ディケンズのデイヴィッド・カパーフィールドやジョージ・エリオットのフロス河畔の水車小屋の冒頭の数頁には、この魔術の働きをはっきりと表わしている箇所もある。この二人はいずれも古い、古いものに囲まれて成長する幸運に恵まれた作家であった。[9]

右の引用文の中の「思いがけなく出会えたもの」(incidents) とは古い町を逍遥中にふと出会った廃墟や行く手の地平線上に突き出た教会の尖塔など、風景の中の思いがけない出会いとして心に刻印されたもののことである。これら古い町の古いもの (old, old things) がのちに作家の中で自ずから一枚の絵として構成されてしまう。それに対して古いものに思いがけなく出会える機会のないアメリカの風景の場合はどうなのか。ジェイムズはこれより先に、同じ一八七〇年に発表した旅のスケッチ「サラトガ」(“Saratoga”) において、次のように述べている。[10]

遠くあちこちに白く光る村など一つもなく、教会の尖塔や、ささやかであっても目を引く特徴もまったくない。見渡す限り緑一色で、寂しい空虚な眺めである。そんな中で細かな部分を楽しみたいと思うなら、松の木立の下で足を止め、風の微かなそよぎに耳を傾けるか、真直ぐ伸びる、うろこ状の幹に沿って、午後の光に彩られた木末を仰ぎ見なければならぬ。

細目を欠く空虚な風景においては絵の構図が浮かび上がってくることはない。真実を伝える微細な粒子（「風の微かなそよぎ」や「午後の光に彩られた木末」）を捉えるために目を凝らし、耳を傾けなければならない。これはアメリカで創作を続ける者が宿命として背負わなければならない不利な条件である。ジェイムズのこうした思いは、チャールズ・エリオット・ノートン宛の一八七一年一月一六日付書簡に述べられている、アメリカの風景とアメリカの作家についての次の言葉へと集約されていく。

> 周囲を見廻してみると、この我が祖国の自然と文明は表面に関する限り、文学を生む場としてある程度までは十分である、との結論に達する。しかし、奥に潜むその秘密は真に貪欲な想像力の持主にのみ与えられるでありましょう。[11]

これらの記述から読み取ることのできるものは、一八七〇年代初めのジェイムズの心はアメリカでの創作活動の可能性の探求とヨーロッパの作家に対する羨望との間で揺れていたということである。

ここで再び先に引いた評伝『ホーソーン』からの一節について考えたい。

仮にホーソーンが厳しい、意欲的な性格の人物であったなら、仮に欲望は大きく、知識は多様であったなら、セイラムの世界はおそらく耐えられないほど狭いものに思えたことであろう。

この仮定法の意味するところは、ホーソーンがジェイムズ自身のように野心を抱いた、強い欲求の持主であったなら、狭いセイラムの土地を飛び出していたかもしれない、ということである。飛び出していたらホーソーンの文学はどうなっていただろうか。ホーソーンについてジェイムズは次のようにも述べている。

もしホーソーンが同じ程度の才能と性格と習慣を持つイギリスの青年であるか、あるいはフランスの青年であったなら、周囲の世界に対する意識はきわめて異なったものになっていただろう。たとえ彼個人の生活は人目に付かない、控え目なものであったとしても、同じ人間の生活に対する感覚はきわめて多彩なものになったと思われる。[12]

ここでもジェイムズは、青年ホーソーンの才能がイギリスあるいはフランスにおいてはまた違う形で花開いたであろうと思わずにはいられないのである。（ホーソーンの渡欧は活動の最盛期を過ぎた一八五三年のことであった。）この評伝を執筆するジェイムズの脳裡にあったことは、あるいはなっていたかもしれないホーソーンの姿、ひいては自分自身がヨーロッパを活動の場として選択したらどうなるであろうという思いであったはずである。そして彼は「懐かしの街角」（"The Jolly Corner," 一九〇八）のスペンサー・ブライドン（Spencer Brydon）のように、ヨーロッパで創作活動に従事する自分の分身に会いたい、いつかは会えると思い続けたであろう、ということである。この評伝をジェイムズによる彼自身のヨーロッパ選択を正当化するための書と見做しているトニー・タナーの解釈[13]は、正鵠を射たものと言わざるを得ない。ジェイムズは一八七五年にヨーロッパ永住を決意してアメリカを離れるが、一八八〇年代初めに両親の相次ぐ死に遭遇し、アメリカとの絆を断ち切ることを躊躇しなくてもすむようになった。この間、揺れる心に一つの方向を与えるために評伝『ホーソーン』の執筆はまたとない機会であったに違いない。

ジェイムズにとって評伝『ホーソーン』の執筆には、自己の分身との出会いの願望に加えてもう一つの力が働いていたと考えられる。それは揺れ動く心がヨーロッパ選択の態度決定を遅らせるのではないかという懸念である。ジェイムズはホーソーンの『滞仏・伊日誌』（*French and Italian Journals*）についての匿名の書評を一八七二年という早い時期に発表している。[14] ホーソーンに関するジェイムズの初めてのこの書評における関心は、専らヨーロッパの風物に対するホーソーンの反応の仕方にある。

ホーソーン氏は最初から大陸の生活には必要以上に距離を置いていた。そのことに触れるときは、徹頭徹尾、疑い深い目で、おずおずと、しかもめったにないことだが、さし当り自分がアメリカ生まれであることを忘れてしまった場合に限られていた。（中略）ホーソーン氏は困惑したような、頼りなげな視線をさまざまなものにじっと注いで歩き廻る。目に入るものの意味を把握し、本質を見抜こうとする、誠実で穏やかな気持に溢れているのだが、想像力の軽やかな翼をはためかせて、周囲の密度の濃い、おびただしい事物の表面に触れるだけなのである。そして自分はそぞろ歩きを楽しむアメリカ人に過ぎないから、目にするものについて結論めいたことを述べるのは難しい、と気さくに打ち明けたりする。[15]

当時、ジェイムズにとってイタリアはとりわけ美に対する渇望をいやしてくれる、充実した生を生きることのできる土地であった。「未来のマドンナ」およびそれ以前のごく初期の短編、そして最初の長編『ロデリック・ハドスン』の舞台としてイタリアを選んだジェイムズには、ホーソーンの反応は控え目で、対象との間に距離を置き過ぎるものと映ったのである。性格的にイタリアが性に合わなかったということのほかに、晩年に至っての渡欧ということが、変動しつつある社会に対するホーソーンの順応性を奪ったとジェイムズは判断しているのである。

晩年、ホーソーン氏の陽気な気分は影を潜めた。だが、これは自分の想像力では事実を摑もうとしても摑みきれないことを最終的に感じ取ったためではなかったか――現実は、その当時、かなりすさまじい、暗い影を投げるものになってきていたのであった。[16]

そしてこの書評は次のように結ばれている。

晩年に至ってヨーロッパの影響にさらされたホーソーン氏だが、障りを受けたのはうわべだけのことであった。今日の社会の中で成長していく同じ気質の持主の場合に比べると、その障りは遥かに小さかった。ホーソーン氏が最後の純粋なアメリカ人として教会と美術館のそぞろ歩きを楽しんでいる風情が目に見えるようである。くすんだ画布（絵画）と冷たい大理石（彫像）に対する恥ずかしげな反応によって、より素朴で、自由な伸長を妨げられた文明（アメリカ文明）に対する忠誠心を証明しているその姿が。[17]

ホーソーンのヨーロッパとの接触が晩年の経験であった点が彼を表面的かつ内気な観察者にとどめ、それによって「最後の純粋なアメリカ人」としてのホーソーンの姿が浮き彫りにされたと評者は結論する。ジェイムズに言わせれば、ヨーロッパの風物を前にして表面的かつ内気な観察者であることはまったく無意味である。彼にとっては対象を観察することによって無数の印象を内に取り込む経験は、現実に身を投じて行動する能動的生き方と等価値の人生体験にほかならなかったからである。

ジェイムズはホーソーンの『滞仏・伊日誌』の頁から浮かび上がってくるこの先輩作家と同じ道は歩まないことを予感していたのではないか。手遅れにならない時期に決意すべきだという教訓を彼はホーソーンから得たと言えよう。タナーが七〇年代におけるジェイムズとヨーロッパとの関わりについて重要視しているのは、ジェイムズがバルザックやサッカレーのような偉大なリアリストと同様に、具体的な社会の細部を描く小説家になることを真剣に考えていたという点である。[18] そうであるとするならば、ジェイムズが一八八六年に発表した「ハウエルズ論」の中で「アメリカのバルザック」となることを期待していたこの友人についての、すでに引いた次の言葉

ハウエルズ氏のために考えられる最も幸運なことは、感受性がこの上なく鋭敏かつ感応力の最も鋭い時期にヴェニスに住まいしたことである、と考えられる。

は、評伝『ホーソーン』執筆当時のジェイムズの考える、作家にとって理想の環境を述べたものということになる。ジェイムズのヨーロッパ選択という問題には、彼の文学の根底に横たわる「自己の分身との対面願望」と「手遅れの悲劇」という二つのテーマが織り込まれていたと考えられる。

評伝『ホーソーン』に込められていたと考えられるジェイムズの考えが、当時の英米の読者・評者に正確に理解されなかったのは、ある意味では当然のことであったと言えよう。しかし出版後の波紋の大きさはジェイムズにとっても不可解と思えるほどであった。トマス・サージェント・ペリー（Thomas Sergeant Perry）に宛てた一八八〇年二月二二日付の書簡にはアメリカの父親から伝えられてくる凄まじい反響に言及した箇所がある。

僕のささやかな評伝『ホーソーン』が巻き起こしたこの騒ぎは実に馬鹿馬鹿しいものです。父は短評を沢山、送ってくれましたが、どれも、後のものほど口汚く、卑しいものになる。そのすべてが俗悪で、無知をさらけ出していて、極端にくだらなく、全体に間抜けているのはまったく信じられないくらいだ。だが僕はこういう騒々しい反応を巻き起こしたことは、ちょっとした幸運だと考える。この事件はアメリカの「文化」の現状がとてもひどいものであることを示している。また以前はぼんやりとした印象しかなかった点について多くの素晴らしい実例を提供してくれている。僕がアメリカ人の趣味を「粗野な」（'provincial")というときの根拠が何であれ、僕の後に続く者たちは、ともかく、そう言わずにいては理由が立つまい。[19]

この書物に対する抗議は、アメリカの社会を形容する「偏狭な」(「粗野な」、「一地方の」)(provincial)という語が頻繁に用いられている点に集中している。ジェイムズはこれまでぼんやりと感じていたアメリカの文化の状況がそこからはっきり見えると述べている。

ハウエルズの書評「ジェイムズのホーソーン」("James's Hawthorne")はこういう状況の中で『アトランティック・マンスリー』の一八八〇年二月号に掲載された。[20] アルバート・モーデル(Albert Mordell)が述べているように、ハウエルズは「ジェイムズを首尾一貫して賛美した最初の批評家の一人」[21]であった。評伝『ホーソーン』とほぼ同じ時期に同じように大きな反響を呼んだ「デイジー・ミラー」について、ハウエルズは一八七九年から一九〇二年までの間に、二編の書評と一編の評論、そして一通の書簡によって、英米の読者・批評家から「アメリカ娘に対する侮辱」として非難されたこの作品を一貫して擁護したのである。[22] ところが評伝『ホーソーン』に対するハウエルズはむしろ正面からこれに反論を加えたのである。言うまでもないが、これ以前にも両者は相手の作品を批判しなかったわけではない。しかしそれは鋭いものではあってもこれほど直接的なものは珍しい。尤もハウエルズは批評するために取り上げる作家や作品の良い面は卆直に認めるタイプの批評家であったから、評伝『ホーソーン』の場合も、相手の立場を、即ちイギリス人に向ってアメリカの作家を論じる微妙な立場を思いやる言葉や、評価すべき点は卆直に評価する姿勢を示している。ハウエルズの反論はジェイムズ自身もその多用を認めている「地域性を示す」(「粗野な」)(provincial)という語の妥当性に向けられていた。そしてそれは二人の文学観、作家として立つ基盤の違いにまで及ぶ問題を含んでいた。

イギリス人がイギリス風であることが、あるいはフランス人がフランス風であることが地域的でないとすると、アメリカ人がアメリカ風であっても地域的であることにはならない。[23]

ハウエルズはアメリカだけが「地域的」なのではない、それぞれの国の人間がその地域性を体現しているならば、アメリカ人もまた同じであると主張する。さらにジェイムズのいわゆる底の浅い、細部をもたぬ社会に対しては次のように自説を展開する。

ジェイムズ氏がアメリカ社会の底の浅さをイギリスの読者にそれとなく伝えるために列挙したもの——君主、宮廷、貴族階級、地主階級、城、田舎家、大聖堂、僧院、政治家、そしてエプソムとアスコットの競馬のような、小説の中でよく用いられるいわゆる小道具をすべて省いてしまっても、人間の生活がすべて失われることはない。いかなる社会も、新鮮で新しいことが取柄の機会を、多様で尽きることのない機会を小説のためになおも提供してくれる。ホーソーンはそのような古びた哀れな小道具を必要としなかった。[24]

たとえ細部を欠いていても、多様で尽きることのない人間の生活そのものをアメリカに見出すハウエルズを、ジェイムズは議論を避けるものとして非難する。一八八〇年一月三一日付の書簡の中で述べられているジェイムズの反論は次のとおりである。

ロシア人が著しくロシア風であること、ポルトガル人が著しくポルトガル風であることは、きわめて地域的であると私は考えます。あるタイプの民族は本来、本質的に地域的である、という単純な理由からですが。ましてや、小説家が創作活動を始めるには古い文明が必要だ、という考えに対する君の抗議には同調いたしかねる。この考えは、私にとっては自明の理である、としか言いようがありません。小説家の糧となるのはまさに風習、慣習、しきたり、個人の習慣、礼式だ。これらは作品を生み出す素材そのものなのだ。したがって私がアメリカ社会に欠けているものとして列挙した「古びた、哀れな小道具」がなくても、「人間の生活だけはすべて残る」という君の言い分は論点を巧みにかわすもののように私は感じるのだ。[25]

ジェイムズの目には、ハウエルズもまた粗野で偏狭なアメリカ社会そのものであり、「地域性を表わす」存在と映った。それまでのハウエルズの援助と協力を考えれば、これはまさにあからさまな敵対行為と思われたのであろう。ジェイムズはハウエルズの偏狭としか言いようのない考えを拒否せずにはいられなかった。このことがジェイムズをヨーロッパへ向わせる決定的な弾みとなったと言っても過言ではない。ハウエルズは何はなくともアメリカには小説家に提供できる人間の生活があると断言する。一八七〇年代の終りには漸くヨーロッパの魔力から解放されてアメリカへの回帰を始めたハウエルズであった。彼は一八八〇年代に入ると、七〇年代に試みた国際状況の小説を離れてアメリカ社会の諸相を描く方向に転じた。彼の反論にはアメリカを描く作家としての決意が込められていたと読むべきである。そうであるならば、ここには二人のアメリカの作家の東と西へ向けての新たな出発が予示されていたことになる。

評伝『ホーソーン』を巡って明らかになったジェイムズとハウエルズの考え方の相違は、すでに一八七二年に両者が書いたホーソーンの『滞仏・伊日誌』の書評に窺われる。ジェイムズの書評についてはすでに言及したが、ハウエルズのそれは『アトランティック・マンスリー』の五月号に匿名で掲載されたものである。[26] イタリアにおける晩年のホーソーンの姿にそうはなりたくない自分の思いをジェイムズが託したのとは異なり、ハウエルズはイタリアで惨めな思いをした自己を語るホーソーンの率直な語り口を喜ぶのである。ここに描かれているのは「彼の地（イタリア）におけるアメリカ人すべての姿」[27] であると述べるハウエルズは、手に余るイタリアの迫力に戸惑うホーソーンの姿は、彼一人の限界を示すものではないと考える。評者ハウエルズは敬愛するホーソーンに限りなく温かい共感を寄せながら筆を進めているのである。

第二節　ハウエルズとホーソーン

評伝『ホーソーン』を巡ってジェイムズと真っ向から対立したハウエルズには、作家としての基盤の違いだけでなく、ホーソーンという作家に対する彼個人の思い入れの深さも無視することのできない動因として働いたと推測される。イタリア滞在記から浮かび上がってくるホーソーンの姿に温かい共感を寄せたハウエルズは、この先輩作家に対して青年時代から晩年に至るまで、ほぼ一貫して敬慕の念を抱き続けていた。芸術家にとって画面の構成に必須の細部を欠く環境に身を置いたために彼の想像力は象徴と寓意の世界で生きることになった、とジェイムズによって論評されたホーソーン[28]と、「アメリカのバルザック」(the American Balzac)[29]となることをジェイムズから期待されたハウエルズほど両極に位置する作家もないと思われるのだが、この両者の間に、とりわけハウエルズの側から見て、稀有な結びつきが存在しているのである。ここで従来、掘り起こされることの少なかったこの問題についての研究の跡を辿っておく必要があろう。

研究史

両者の関係をいち早く指摘したのはウィリアム・ジェイムズであった。弟ヘンリーの作品のよき批評家として知られる彼は、「同時代の作家の中でヘンリーとハウエルズのものはことごとく読み」[30]、率直な批評を二人に書き送っていた。ロンドン滞在中のヘンリーに宛てた一八七〇年一月一九日付の書簡の中で彼はホーソーンの『七つの破風の家』（*The House of the Seven Gables*, 一八五一）の読後感を次のように述べている。

先週、僕は『七つの破風の家』を読む楽しみを味わいました。（中略）この作品に僕は強い印象を受けました。神に感謝します、ホーソーンがアメリカ人であったことを。また（中略）ホーソーンのスタイルが君とハウエルズのスタイルに似通っていることに気付いて僕はアメリカ人としてとても嬉しかった。（中略）君とハウエルズが、イギリス文学の中に手本とすべき作家がいないわけではないのに、無意識にこのアメリカの作家（ホーソーン）を、言わば手本とせずにはいられなかったことは、何と言おうか、眞のアメリカの精神的特質が存在することを暗に示しているようだ。[31]

この書簡が書かれた頃のハウエルズは『ヴェニスの生活』と『イタリアの旅』の二冊のイタリア旅行記を発表した後、ささやかな物語の枠組を用いてボストン郊外のケンブリッジの風景と市井の人々の生活を描くスケッチを『アトランティック・マンスリー』に連載していた。依然としてヨーロッパに半ば目を向けながらアメリカを描き始めたハウエルズの中にホーソーンと共通するものの存在を見抜いたウィリアムの烱眼は注目に値する。そしてこの「真のアメリカの精神的特質」こそハウエルズとホーソーンを結びつけた最も核心的な部分であることがハウエルズ自身の言葉によって証明されることになるのである。

ハウエルズとホーソーンの影響関係を扱った論文が発表されるようになったのはその約一世紀後の一九六〇年代に入ってからのことであるが、[32] それ以前のもので注目されるのは、一九五二年にマリウス・ビュウリー（Marius Bewley）がヘンリー・ジェイムズの『ボストンの人びと』（*The Bostonians*, 一八八六）に与えたホーソーンの『ブライズデイル・ロマンス』（*The Blithedale Romance*, 一八五二）の影響を初めて指摘し、ハウエルズの『未発見の国』の前半にもホーソーンとジェイムズの作品にみられる十九世紀のボストンの社会改良家たちの言動が描かれていると述べたことである。[33] しかしビュウリーが一八八〇年に出版されたハウエルズの作品をジェイムズの作品より後に出たものと誤認[34]していることは、ハウエルズに対する当時の批評家・研究者の認識の度合いを示していると言ってよい。このことは一九七〇年代の初めに、リアリズム作家に与えたホーソーンの影響を指摘したエドウィン・H・ケイディが、ハウエルズ創作の「ホーソーンの主題による変奏曲」の方法を明確に説明したものはいまだ出ていない、と述べていることからも明らかである。[36] それ以後のものでは一九八五年に出版された、メルヴィルから現代の作家にいたるホーソーンの伝統を扱ったサミュエル・チェイス・コール（Samuel Chase Coale）の『ホーソーンに寄り添って』（*In Hawthorne's Shadow*, Univ. Pr. of Kentucky）がある。しかし焦点が現代作家にあるためか、ハウエルズとホーソーンの関係についてはケイディの著書からの引用などのほかに注目すべき指摘はない。

このような状況の中で、次の二点の論文は両作家の考察に欠くことのできないものと言える。その一つはジョージ・パーキンズ（George Perkins）の「ハウエルズとホーソーン」（"Howells and Hawthorne," 一九六〇）である。[37] これは僅か四頁の覚え書に過ぎないが、彼らの結びつきを初めて具体的に説明したものである。著者は、ロマンティシズムとリアリズムの各時代をそれぞれ代表するこの二人の作家の関係は予想以上に深いとして両者の出会いの意義に言及する。彼はアメリカの作家の中でホーソーンがハウエルズの心に深く印象づけられた最初の作家であり、ホーソーンとの出会いの時期（一八六〇年）がハウエルズをリアリズムへと向わせた転換期にあたっていた点に注目している。ハウエルズがホーソーンにおいて好んだのはロマンティックな要素ではなく、リアリスティックな要素であった。しかしハウエルズが敵対するのはロマンスではなく、ロマンティシズムである。前者が幻想的な状況の中に現実の効果を求めるのに対して、後者は現実の中に幻想的効果を求めるものだからである、というハウエルズの言葉を『小説のヒロイン』(*Heroines of Fiction*, 一九〇一)から引いて、両者の結びつきが意外なものではないと述べている。[38]

次に重要な論文はこの十五年ほどのちに発表されたロバート・エメット・ロング(Robert Emmet Long)の「トランスミューティションズ——『ブライズデイル・ロマンス』からハウエルズとジェイムズへ」("Transmutations: *The Blithedale Romance* to Howells and James")[39]である。ロングの見解では、ハウエルズの『未発見の国』は近代リアリズムによって『ブライズデイル・ロマンス』を解釈したものであり、ジェイムズの『ボストンの人びと』への道を切り開いた作品である、ということになる。この見方は、ホーソーンの作品から直接ジェイムズへ影響が及んでいるとの従来の見方に対して、「変容の過程におけるきわめて重要な段階」(the crucial middle stage of transformation)[40]としての『未発見の国』の意義を初めて指摘した点で見逃すことができない。

「ホーソーンの主題による変奏曲」の方法の解明、つまりハウエルズに与えたホーソーンの影響に関する本格的な研究は、八〇年代に発表されたリチャード・H・ブロッドヘッド(Richard H. Brodhead)の論文「リアリズム作家の中のホーソーン——ハウエルズの場合」

（"Hawthorne among the Realists: The Case of Howells"）[41] 及び、彼の著書『ホーソーン派の文学』（*The School of Hawthorne*）の中の、この論文を発展させた一章「ハウエルズ――文学の歴史とリアリストの使命」（"Howells: Literary History and the Realist Vocation"）[42] が最初であろう。ブロッドヘッドの二つの論文は単に二人の作家の間の影響関係の有無の指摘にとどまらず、アメリカ文学の伝統の形成という視点に立って、ホーソーンの伝統の中にハウエルズを位置づけようとする試みである。つまり、ホーソーンの遺産が作家としてのハウエルズを形成するのにどのように貢献したかを作品の綿密な分析を通して跡づけてみせる。著者のこの姿勢は必然的に十九世紀アメリカ文学の歴史におけるハウエルズの位置・評価について再考を促すものとなるであろう。彼はハウエルズの『未発見の国』をホーソーンの『ブライズデイル・ロマンス』をモデルとした「自己拡張」（an self-extension）、つまり、先輩の作品のスケールを自己のものとして吸収し、自分自身を拡大しようとする試み、彼自身としては初めてアメリカの古典に目を向け、これを再創造しようとする試みであると解釈する。[43] しかしハウエルズは『未発見の国』において、ホーソーンが用いた支配霊と霊媒の特殊な関係を父娘の関係という日常の家庭生活のレベルに置き換えることによって、ホーソーンの作品の意義を限定したばかりでなく、自己の作品の次元拡大にその力を活用できなかった、とブロッドヘッドは結論する。[44] 彼は次にハウエルズのホーソーンに対する新たな、より深い理解を示す作品として『現代の事例』を取り上げている。この作品に『緋文学』(*The Scarlet Letter*)の影響を認めるブロッドヘッドは、ハウエルズが自分のものとして再創造することができたものは、良心に対するホーソーンの関心及びホーソーンを創始者とする心理の探求の小説である、と述べている。[45] 特に『現代の事例』の結末における未決定に終る道徳的判断は「懐疑の念を抱くホーソーン」、「確固たる道徳観念を明示し得ないホーソーン」(Hawthorne the doubt bearer, Hawthorne the unsettler of moral sense)にハウエルズが気づいたからなのであり、この懐疑的姿勢こそが彼にとってのリアリスト・ホーソーンの遺産である、と結論する。[46] ブロッドヘッドが取り上げた一八八〇年代初めのハウエルズの二つの小説は、彼がイタリア関係の素材を使い尽くした後にアメリカ社会そのものを描き始めた時期の作品であることを考えると、アメリカ人ハウエルズにとってモデルとしてのアメリカ人ホーソーンの存在が決定的なものであったことは否定できない。

『ブライズデイル・ロマンス』とハウエルズ

ハウエルズは一八九五年に出版された『我が文学的情熱』（*My Literary Passions*）の中の一章「ジョージ・エリオット、ホーソーン、ゲーテ、ハイネ」（“George Eliot, Hawthorne, Goethe, Heine”）において、二十二歳の頃にホーソーンの作品から受けた印象を回想して次のように述べている。

私は先ず『大理石の牧神』を読んだ。次に『緋文学』を読み、『七つの破風の家』へと進み、最後に『ブライズデイル・ロマンス』を読んだ。私の一番のお気に入りはいつも変わらず、最後に挙げたこの作品だった。これは他の作品に比べて小説に近い、写実的な作品である。四つの作品からはすべて、いまだかつて受けたことがない感銘を得た。また、これらの作品が扱っている時と場所がとても遠く離れていたものなので、たとえ我が国の地域と時代に関係のあるものばかりだとはいえ、それを読んで同じようなものを想像することはできなかった。ホーソーンその人が、遠く隔たった触れることのできない人のように思われた。間もなく偶然出会えたのだが、現実に出会える可能性のある人とは思えなかった。他の作家との間では可能だったが、ホーソーンとは想像の中で会話を交わしたことはなかった。他の作家に好意を感じて引き付けられていったようなことはホーソーンに対してはなかった、と言える。しかしホーソーンの魅力は私の心を強く捉え、一時は作品を読んだことのある他のどの作家にも劣らぬほど、私の心を支配した。ホーソーンはアメリカの作家の中で誰よりも好きでたまらない作家であった。[47]

ホーソーンの長編の中で彼が最も気にいったのは「写実的」であるという理由で『ブライズデイル・ロマンス』であった。このことを彼は初対面のホーソーンにも直接、告げている。[48]彼が『ブライズデイル・ロマンス』の作者と直接会ったのは、一八六〇年の夏、敬愛するリンカーンのために書いた選挙用伝記の出版社の勧めで、初めて「情勢の巡礼」としてボストンへの旅に出た時のことである。平和主義者で奴隷制廃止論者であった祖父ジョウゼフの影響を受けて育ったウィリアムにとって、ボストンは言わば聖地であった。[49]『アトランティック』の初代編集長として彼の詩を採用してくれたローエルの紹介状を手に、ヨーロッパから帰国して間もないホーソーンを彼はコンコードの土地に訪ねた。彼はこの大作家に会いに行くというよりむしろ、彼の作品の登場人物たちに会いに行くのだという思いで興奮していた。その真先に挙げられているのがプリシラ（Priscilla）とゼノビア（Zenobia）の二人の女性である。[50] 内気なホーソーンの精一杯の温かい歓迎を受けてその「全き誠実さ」に心打たれたハウエルズは、この大作家に心底、好意を抱いた。その上、エマスン宛の紹介状に自分のことを「実直な」（worthy）と買いてくれたことが彼を喜ばせた。[51] しかし二人の出会いは、この夏の日の午後の一回だけに終るのである。

ハウエルズの『ブライズデイル・ロマンス』に対する好みは『我が文学的情熱』執筆当時も変わることはなかった。

> 先日、『ブライズデイル・ロマンス』を読み返していたときに、この作品は説得力に富み、意義深いもの、そして悲しくもまた不思議なことに、事実に忠実なものと思った。この印象は初めてこれを読んで心を奪われたときの印象と変らない。[52]

これより二年前に出版された『偶然の世界』（*The World of Chance*）において、ニューヨーク市場で自作の小説原稿の売り込みに奔走する、中西部のさる新聞社のリポーター、エリー・レイにこう言わせている。ホーソーンの作品の中で一番、気に入っているのは『ブライズデイル・ロマンス』だ。そしてこのリポーターは作中人物があたかも現実に存在するかのようなことを口にして年上の友人である作家にたしなめられている。これは、ホーソーンその人に会いに出かけたハウエルズの思いを再現したと言えそうな場面である。[53] さらに『我が文学的情熱』のミニアチュア」[54]ともいえる「私の好きな小説家とその最高作品」[55]においてもホーソーンに言及して次のように述べている。

ホーソーンのこのロマンス（『ブライスデイル・ロマンス』）ほど完璧な作品はこれまでなかったし、またこれから先にも出ないのではないか。このロマンスはロマンティックな小説ではまったくなくて、写実的な小説たるべき資格を十分備えている。それはこの作品が本質的に現実に忠実であるからだ。（中略）ホーソーンに対する私の好みが変らないのは、この作家の作品が現実に忠実であると思えるからであり、また常にそうありたいと願っているように思えるからである。ホーソーンのどの作品よりも『ブライズデイル・ロマンス』が好きだと言えば、風変わりな好みだと言われようとも、この作品が好きなのである。[56]

ハウエルズにとって最も価値あることは、ホーソーンが常に現実から遊離することがないよう、真実でありたいと望んでいたと思われる点である。ハウエルズはさらにこの後も『小説のヒロイン』の中でホーソーンのロマンスの中の複数のヒロインについて論じている。ここでも『ブライズデイル・ロマンス』が彼のどの作品よりも小説に近いことを繰り返し述べ、終生、この作品に惹かれたのは、ゼノビアの性格創造に因ることを明らかにしている。

ハウエルズのホーソーンに対する基本的な姿勢は『小説のヒロイン』の中の、『緋文学』のヒロイン、ヘスター・プリン（Hester Prynne）を論じた章の冒頭に示されている。

ホーソーンの場合のように、ロマンスとは幻想的な状況の中で感覚が捉える現実の効果を狙うものである。ロマンティシズム（ロマン主義）は、ディケンズの場合のように、現実の中に幻想的な効果を探し求めようとするものである。このようにそれぞれ異なる理想が、ホーソーンにあっては他の作家に劣らず、生き生きと存在し、行動し、苦悩する登場人物を生み出すこととなった。ディケンズにあっては、これが類型となってしまっている。それらは外面的には我々が日常生活において知り合うような存在であっても、その内面は、単一の性質によって動かされ、過度に幻想的な色調の中で彼らに備わった抑制力を正当化するための存在となっているのである。[57]

ディケンズの作品の登場人物が同時代の日常生活を送りながら類型（types）に終っているのに対して、ホーソーンの人物は、たとえ時代を隔てた状況に置かれていても、時代の差を感じさせない言動によって現実感のある人物、「主体的で完全な、類型ではない人物」（*persons*, rounded, whole）[58]となっている。ヘスターの場合、「ホーソーンの素材がもつ強烈な現実感」[59]の故に、いささか古風な言葉遣いや十七世紀の服装にもかかわらず、「現代およびいつの時代にも見られる、同じ人間の心臓が彼女の胸の中で鼓動している」（the human heart beating there the same as in our own time and in all times）[60]ことが確認できる、と述べている。ゼノビアは多角的な描き方によってヘスターより一層、生気ある存在になっていると彼は言う。[61]この場合にもロマンスの陳腐なからくりが用いられているが、ホーソーンはそれを読者に押付けたりはしない。[62]

ゼノビアはこの作品における偉大な人物である。ゼノビアは内面的にも外面的にもリアリストの良心を備えた実体感ある存在となっている。[63]

例えば彼女の髪を飾っているたぐいまれな、美しい異国情緒溢れる、しかし短命な花は、大粒のダイヤモンドの髪飾りよりもこの女性の誇りと華やかさを暗示しているが、彼女の存在はその異国的な要素によって非現実的になることは決してないのである。[64] ホリングスワース(Hollingsworth)の冷酷な博愛主義、女性蔑視の姿勢、ゼノビアの愛に応えずに彼女の異母妹プリシラを選ぶホリングスワースの仕打ちに耐えるゼノビアについてハウエルズは次のように論評している。

ゼノビアについて語られるとき、彼女の洗練された優雅さは知的であるが、情緒の面では細やかさに欠け、いささか野卑な気味があったという事実が秘密にされることはない。アメリカの女性は、ゼノビアほどはっきりとその姿を人目にさらしたり、内面を大胆に露わにすることはなかった。ところがゼノビアは、彼女が遭遇した悲劇の局面において十九世紀という時代を表わして強い印象を与える。それはヘスター・プリンが彼女の悲劇の局面において十七世紀を表わして強い印象を与えたのと同じである。[65]

総じて彼はヘスターよりゼノビアを高く評価する。彼女は物語の枠を越えて生き延びる、彼女ほど我々の経験の一部としていつまでも心に残るヒロインはアングロ・サクソンの作品の中に例をみない、と絶賛している。彼女は偉大でも高貴でもないが「大規模な構想の下に、たっぷりとした造りになって」(largely planned and generously built)[66]いる。彼が評価するのは、ホーソーンが彼女を理想の女性としてではなく、人生の「あらゆる気まぐれと気迷いと当てにならぬ人の心」(every caprice and vacillation and mutability)[67]に影響される存在、それらを排除することなく、それらを取り込んだ存在としてニューイングランドの女性の特質を余すところなく描き出している点である。従って彼が『ブライズデイル・ロマンス』に最も惹きつけられるのは、素材の同時代性よりもむしろ、予測しがたい様々な要素に満ちた現実の人生を忠実に描くことを信条とするハウエルズが共感し得るリアリストとしてのホーソーンの側面の故なのである。そしてゼノビアの体現する誇り高きアメリカの女性の姿こそ、彼がジェイムズの評伝『ホーソーン』の書評の中で反論として挙げた、小説家に必要な小道具を欠いているとはいえ、アメリカに存在する「人間の生活すべて」の一つの形であると言えよう。[68]そしてそれは先に引用したウィリアム・ジェイムズの言う、ハウエルズがホーソーンを手本としたことが意味する、アメリカの精神の存在を示しているのである。

ハウエルズにとってホーソーンはアメリカのどの作家よりも常に「とても好きな作家」(a passion)であった。彼のホーソーン論はリアリスト・ホーソーンへの傾倒で一貫している。ブロッドヘッドは彼の著書において、ハウエルズとホーソーンの関係を僅か一回の出会い、危機的な時期における一時の影響という劇的なものとして説明する。それはホーソーンの遺産の継承と伝統の形成への参与という観点からの理解であり、ホーソーンとの関係が「一過性の」(*passing*) ものでなかったジェイムズの場合との比較にもよる。[69] 事実、ブロッドヘッドは、ハウエルズにとってホーソーンとの関わりは「深く、継続的な関わり合い」(a deep and continuing involvement)[70] であったとも述べている。一八八〇年代初めにホーソーンから決定的な影響を受けたハウエルズは、その後十年間、引き続き同時代の社会の道徳律を明確に示し、その力を発揮せしめるという彼自身の役割を果たしつつ、ホーソーンの遺産である懐疑的な姿勢を失うことがなかった、と彼は結論するのである。[71] ブロッドヘッドの言うその後の十年だけでなく、すでに見てきたように、ハウエルズは終始、ホーソーンに対する不変の傾倒を表明し続けているのである。八十年代後半以後、マーク・トウェインやトルストイからの刺戟の中で、彼はホーソーンの影を、もしあるとすれば、どのような形で引きずっていったのであろうか。この点に関してはすでにロングがいくつかの示唆―『夢の影』(*The Shadow of a Dream*, 一八九〇) のゴシックの雰囲気、『ロイヤル・ランブリスの息子』(*The Son of Royal Langbrith*, 一九〇四) のプロット、『既定の結末』におけるドン・イッポリトの精神的危機―

を行なっている。[72]ウィリアム・ジェイムズが一八七〇年という早い時期に両者の関係に注目していることから、初期の小品[73]も含めたハウエルズの作品におけるホーソーンの影響についての考察が求められることになるであろう。

第六章　ハウエルズの『小春日和』とジェイムズの『使者たち』

第一節　『小春日和』の「平穏で静寂な世界」

『重い責任』はアメリカ人の国外在住という、十九世紀半ば頃からアメリカ国内においてもその功罪が論議されることが多くなった問題を含む作品である。しかし、それにしては規模の小さい、浅薄なものに終ってしまった感は否めない。その原因の一つに当時のハウエルズの健康状態が挙げられる。[1] 一八八一年一二月から始まる雑誌『センチュリー』への『現代の事例』の連載を控えたハウエルズは、過重な仕事のために神経は疲弊し切っていた。同じ頃、長女ウイニフレッド（Winifred）も健康を害していたので一家は静養のために一八八二年七月、ヨーロッパ再訪の旅に出る。イギリス、イタリアそしてドイツを巡って帰国したのは一八八三年の七月であった。『小春日和』はこのイタリア再訪から生まれた作品である。

イギリス、スイスを経て一二月にフローレンスに到着したハウエルズは、ジェイムズ・ラッセル・ローエル宛てにフローレンス再訪の印象を書き送っている。

私は家族と一緒に再びここイタリアに来て、懐かしい温和な空気に包まれております。頭上にひろがる空も昔と変らぬ穏やかなものです。急に雲行きが怪しくなるようなことがないこの空は、たとえて言えば、あまりにも多くのことを経験してしまったために、何事に対しても穏やかな気持でいられる人間の気分に似ております。昔と同じ魅力がここにあるのかどうかわかりません。たぶん不意に、そしてそれとなく触れることができるのでしょう。少なくとも遠くで私の方を見ているもの、遠くを往来しているものがあることは感じられます。しかし、それはもはや私には身近なものでも、絶えず感じられるものでもないでしょう。[2]

ここにはフローレンス自体の衰え（衰微）と彼自身の老化が重ね合わされている。初回の愛憎拮抗していたイタリアへの熱狂的な反応とは異なる、静的な、人生の「小春日和」を連想させる反応である。これは、すでにある程度抑えられたヨーロッパ志向と、精神的休息を求める中年に達した男の心的状態の反映のためであろう。フローレンスに対するこの反応はその後も変ることはなかったようである。イタリア再訪は、イタリアそのものの老い（衰微）と、そのために一層強められた若さへの憧憬を彼に意識させる結果となった。そのことをよく示しているのがトマス・サージェント・ペリー宛の三月一三日付の書簡に見出せるきわめて暗示的な言葉である。「イタリアと意気投合することが私にとって報いの多い結果を齎らすことになるのかどうかわからない。何だかんだ言っても、我々の国は、現在そして未来の国なのだから。」[3]結婚生活の崩壊と離婚の問題を扱ったアメリカで最初の小説と言われる長編『現代の事例』の執筆による極度の緊張と疲労から、老いの進行を自覚したハウエルズは、[4]若さの回復の必要を、そして若い未来の国アメリカに若さの回復の可能性を感じていたようである。

一八八三年の四月と五月の大半をヴェニスで過ごしたハウエルズは「夢に見たヴェニス」と「目の前の現実」との乖離に言葉を失う。[5]見慣れたものであるはずの土地が見知らぬものに思えるこの現実―それは初めてのヴェニスから受けた霊感のようなものを褪色させてしまう年月の隔たりが齎らしたということであろう。「散歩の道すがら目に映る塵芥」にもかつては心を動かされたのに、同じものに吐気を催した、とマーク・トウェインに語っている。[6] それに引き替え、ウィニーは誕生の土地へ来て元気を取り戻し、うっとりとヴェニスを眺めている。[7] 父と娘の対照的なこの気分は、この作品におけるシオドア・コールヴィルとアメリカ娘イモジーン・グレアム（Imogene Graham）の姿に再現されている。イモジーンの溌剌とした姿は、コールヴィルの回復された青春のようである。失われた青春への悔いとその回復を願う気持はハウエルズの意識にその後も強く刻みつけられていて、のちに述べるように、ヘンリー・ジェイムズの作品（『使者たち』）を生むエピソードとなって実を結ぶことになる。

帰国後ハウエルズは直ちに『小春日和』の執筆に取り掛った。一二月九日付のエドマンド・ゴス（Edmund Gosse）宛ての書簡の中で明らかにしている構想によれば、この作品は「青春時代の感情と対照をなす中年の感情」[8] を描こうとするものであり、最初の案では題名もそれに呼応して『九月と五月』（*September and May*）となるはずであった。この老いと若さの問題は彼の気に入ったようである。この作品は一八八五年七月から翌年二月まで『ハーパーズ・マンスリー』に連載され、同じ年にボストンのティクナー（Ticknor）社から出版された。

十七年前、二十四歳の時にフローレンスで失恋を経験したコールヴィルは、故郷のインディアナに帰るが、その土地に嫌気がさして建築家となる夢を諦める。ジャーナリストとして成功したのち、彼は再び建築家になることを夢見てフローレンスにやって来る。かつての面影を失ってしまったフローレンスからは何の感動も得られないが、ここでかつての恋人の友人であったミセス・ボウエン（Mrs. Bowen）とその娘エフィー（Effie）に会う。十七年前、彼にひそかな好意を寄せていた夫人はすでに未亡人となっている。冬の間、夫人の家に滞在している美しいアメリカ娘イモジーン・グレアムと知り合った彼は、次第に彼女の若さに惹かれていく。老いを意識すると同時に若さの回復を期待するコールヴィルがイモジーンに対して示し始めた関心は夫人を当惑させる。

この作品の主題はロマンティシズム（幻想）からの覚醒である。ハウエルズの作品の基本的な型であるロマンティシズムとリアリズムの闘いという「一つのテーマの変奏曲」[9]なのである。主要な登場人物それぞれが、他の人物と関わり合う過程で覚醒への試練を経験する。イモジーンは「青春の愚かな自惚」[10]の典型である。十七年前にコールヴィルを裏切った女性を赦し難いと思う潔癖さ、そしてその償いをすることこそが自分に与えられた使命だと考える。ボウエン夫人のコールヴィルに対する愛の可能性すら予想しない、彼に対する自分の愛そのものの本質を認識してもいない、イモジーンの思い上がりと自己犠牲の精神は、コールヴィルとの婚約後に明らかになる二人の間の本質的な相違の前に脆くも崩れ去ってしまう。「平穏で静寂な世界」[11]である中年のいわば黄金の世界は、絶えざる成長と進歩と激しさを求めるイモジーンの若さには受け入れ難いものであることがわかってくる。彼女の幻想に決定的な打撃を与えるのは、彼らが揃って遠出をした帰途の馬車の事故[12]であった。真っ先にボウエン母娘に手を差し延べるコールヴィルの姿から、彼の愛が自分に注がれていないことを彼女は悟る。一方、ボウエン夫人もまた、洗練された中年婦人の重みを備えていながら幻想に囚われている。彼女はコールヴィルに対する愛をひた隠しにしている。彼女のこの一種の自己犠牲、自己欺瞞はコールヴィルとイモジーンの二人を当惑させる。愛を告白するコールヴィルを夫人が赦そうとしないのは、彼から受けてきた心の痛手がそれを赦すことを阻むからであり、自分自身を高みに置こうとするプライドのためである。しかし、娘エフィーによって幻想を打ち砕かれた夫人は、自分のもとに留まってくれるようにコールヴィルに懇願するのである。その時のミセス・ボウエンの声には「自分が理想とする姿に及びもつかぬ存在と化してしまった女の自己卑下の響き」[13]があった。それは崇高な幻想を打ち砕かれた夫人の苦々しい自己認識、すなわち白日の下に暴き出された現実の己れの姿の直視によるものであった。コールヴィルはイモジーンとの交わりを通じて、青春回復の夢を追うことの愚かさ・滑稽さに気づき、自分に最もふさわしい場としてボウエン夫人との結婚を決意し、心の平静を得る。

このように三人がそれぞれ自分自身に対して誤った認識を抱き、ロマンティックな過ちを重ねた末に、センティメンタルな願望の愚かさに気付かされるのである。ここには恋愛においてさえ、感傷癖あるいは自己犠牲は排除されなければならぬという教訓が示されている。『小春日和』の一年前に出版された『サイラス・ラパムの向上』(*The Rise of Silas Lapham*) においても同じ考えがより明確な形で示されている。ラパムの末娘アイリーン (Irene) がトム・コーリー (Tom Corey) の相手だというのは実は周囲の人びとの思い違いで、姉娘ペネロピー (Penelope) がその人だと判明する。妹も慕っているトムを彼女に譲ろうとする姉の行為は、センティメンタルな自己犠牲として否定されているのである。

老いと若さという主題の上でのコントラストは、この作品の構成面でのコントラストの使用を導き出し、それがさらに中年と青春のコントラストに響き合う二重・三重のコントラストを生んでいる。その中から主なものを拾ってみよう。先に引いたトマス・サージェント・ペリー宛ての書簡に見出される、アメリカを「現在そして未来の国」とする見方は、ヨーロッパという老いとアメリカという若さのコントラストを導き出す。それはさらにヨーロッパの温暖な気候と急変を特徴とするアメリカの気候の対比を生む。「緩やかに、足取りの乱れを見せずに深まっていくイタリアの春」と「進歩を求めるアメリカ人の精神の内的欲求」に応えるかのように「一気に夏に向っていくアメリカの春」[14]——そして老いと若さの双方が内包する理想主義と現実主義のコントラストへとその輪を拡げていく。これら一連のコントラストは、コールヴィル自身が抱えている多岐にわたる、互いに矛盾する問題の存在を暗示しており、彼の世界の現実は混沌とした様相を呈している。

コールヴィルはこの作品の視点的人物である。フェリス、スタニフォード、エルモアと続く彼らに共通する特徴はディレッタントの姿勢である。その感受性と知覚力は彼らに行動をためらわせ、傍観者の姿勢を保持するように仕向ける。彼らの二重性は道徳的ディレンマを果てしないものとする。この『小春日和』においては、コールヴィルに補助的視点となる人物を配し、彼の正しい自己認識を促す役割を担わせている。すなわちミスター・ウォーターズ（Mr. Waters）とミセス・アムズデン（Mrs. Amsden）そしてエフィーである。七十歳になるウォーターズ師はヨーロッパ在住のアメリカ人牧師で、老いの国ヨーロッパですでに自己の世代の中に自らの場所を見出している。公平な見解の持主である彼は、中年の意義をコールヴィルに向って説く。「四十歳で人間ははっきりとものが見え、意識してものを感じることができる。（中略）四十歳は人生の美しい時期なのだ。」[15] ミセス・アムズデンは華やいだ装いで老いを変容させる自在さを備えた、喜劇的な役回りを演じる人物である。この二人の人物は、危機に直面しているコールヴィルに自らの見解を述べ、かつまたコールヴィルの姿を映し出す手助けをする。エドウィン・H・ケイディがエフィーを「鏡」(reflector)[16]と呼ぶのはこの意味においてである。ウォーターズ師とミセス・アムズデンはヨーロッパ在住のアメリカ人であるが帰国は考えていない。彼らが老いを表わすヨーロッパに住み続けることは、自己の世代の中に占めるべき場所を既に見出し得たことを意味している。

ボウエン夫人とフローレンスで結婚式を挙げたコールヴィルは、彼らの過去に興味を抱いて詮索する者のいないローマで暮らしている。イモジーンは帰国し、コールヴィル夫妻の知人である青年との結婚の可能性が伝えられてくる。コールヴィルが過去との関わり合いのない土地を選んだことは、これまでの生活との完全な訣別を意味している。この作品に先立つ三つの作品と比較して、いささかの曇りもないこの結末はどのようにして導き出されたものなのか。作者が接した穏やかなフローレンスの空気が休養を必要としていた当時の彼の心を和ませたことは明らかであるが、作品の形式から見てもこの結末は必然的である。

コールヴィルの幻想からの覚醒の過程は四季の変化に呼応している。作品の冒頭は冬・一月のフローレンスである。雨を呼びそうな灰色の雲の下で彼は喪失感・敗北感に打ちのめされている。フローレンスの冬は自然の力も勢いを殺がれてしまっているようである。二月、カーニバルの季節に彼はボウエン夫人の意に叶わない行動を取ってしまう結果、気分の晴れない思いをする。第二の段階は春のボボリ庭園である。かつて恋を失った同じ場所で彼はイモジーンから手を差し延べられて立ち直りのきっかけと若さの回復の可能性を意識し始めるが、馬車の事故の後、事態は急転回して六月の初めにコールヴィルはボウエン夫人と教会で式を挙げる。六月の花嫁となった夫人を迎えるコールヴィルにとって、これはこの季節にふさわしい神聖な結婚である。このこと自体がコールヴィルの選択が不動のものとなることを暗に示している。秋に夫妻はローマへ移る。ローマでの平穏な生活は、まさに人生の「小春日和」といえるものとなる。四季の推移と平行した人事の進展は時の流れそのものを肯定するものとしてコールヴィルの偽りなき覚醒に貢献する。

ハウエルズは十数年後の書簡の中で、この作品を「釣合のとれた」(shapely)[17]ものと述べている。すでに検討した『既定の結末』の例もあるように、ハウエルズが形式に配慮しない作家であると考えるのは妥当ではない。たとえ『小春日和』における形式面の処理が、一連の新味のないコントラストの使用や常套的な四季の推移の含意に依存するものであれ、作者にとって微妙かつ困難な選択の問題に最も納得のいく形で答えを出すためには、混沌とした、矛盾する要素を処理するものとしてむしろ無理のない単純な方法がより効果的であったと言える。この作品が均衡のとれた形に仕上がったことは、これまでの三つの国際小説が扱った作者自身の抱える問題が漸く彼にとって最も納得のいく形で結論に導かれたことを示している。

ハウエルズはこれ以後、国際小説を書くことはなかった。このことに関連して一八八五年一一月二二日付のトマス・R・ラウンズベリ（Thomas R. Lounsbury）に宛てた書簡の中で彼は次のように述べている。「実を言いますと、私はこの作品（『小春日和』）がほんとうに好きなのです。『既定の結末』以後のどの作品よりも楽しんで書きました。しかし我が国の読者はもはや外国に舞台をとった作品を求めてはいないのです。私が再び外国を舞台にした小説を敢て書くことはないでしょう。」[18] 彼が国際小説を書くことを断念したのは読者の好みを察知した出版社側の要請があったからである。しかし、その最後の段階において彼は到達すべき地点に達することができた。彼が述べているように、何よりもこの作品を楽しんで書いたということは、コールヴィルを中心とする物語の展開と彼の選択をハウエルズ自身が無理なく受容できたということを示している。そしてそれ以後彼は激しさを増す労使間の摩擦・経済不況といった当時のアメリカ社会の現実に密着した作品へと方向転換していくことになる。その種の最初の作品『現代の事例』執筆の疲れを癒すためのイタリア再訪が、この方向での再出発のきっかけとなったわけで、その意味では、スコット・ベネットが述べているように、これは実に「皮肉な」[19]ことと言えよう。ハウエルズの国際小説において、イタリアは常に挫折の地であったことを考えると、『小春日和』における再出発の地としてのイタリアはコールヴィルおよびハウエルズ本人にとって明らかに一つの到達点を示すものと言えよう。

第二節　「暗黒の時代」と『夢の影』

一八八〇年代の後半に至るとハウエルズの神経をあらゆる面から痛めつける日々が訪れる。[20]「暗黒の時代」である。長女ウィニフレッドの発病から死（一八八九）に至るまでの心労、弟ヘンリーの精神障害、自分自身の将来や執筆中の作品について手紙で語る相手であった妹ヴィクトリアの死（一八八六）、さらに加えて彼を巻き込んだシカゴ・ヘイマーケット事件（一八八六）――これらの出来事が過度の精神的重圧となってのしかかってきた。一八八八年一〇月一〇日付のヘンリー・ジェイムズに宛てた書簡には、当時の心境を語る言葉が見出される。

私としては現在のアメリカに対してあまりいい気分ではいられない。これほど馬鹿げた、筋の通らないものはほかにないように思われる。それでもアメリカを愛する気持は一層強くなるようだ。自分の大胆な社会思想をペンに託して書きたいとは思わぬ。だが五十年もの間、この文明国の将来は、いずれ自らの力で万事うまく収まると楽観し満足してきたのに、今ではこの国を嫌悪し、結局うまく収まりそうにはない、という気がしている。まあ、その間、毛皮の裏張りのコートをまとって、できる限り、贅沢な暮らしをすることにする。[21]

ここに表明された社会の現状に対する強い不満と激しい失望は、社会正義の観点からなされた、シカゴの無政府主義者たちへの支援が無に帰した苦い経験から生じたものである。成功のイメージを具象化したような「毛皮の裏張りのコート」の下には、やり場のない怒りと挫折感が包み隠されていたのである。コートはいわばその下に憤怒の形相を秘めた仮面であったのだが、恰幅のいいハウエルズのコート姿はこのアイロニーよりも、悪や苦悩とは無縁の作家というイメージを植え付ける結果を生むことになったのは皮肉としか言いようがない。

アメリカ社会の現実に失望したハウエルズは、回想録やユートピア小説を手がけるとともに、次第に内面の世界に関心を向けるようになる。一八九八年三月一三日付の妹オーレリア宛の書簡で彼は次のようにその心中を語っている。

人間の精神の重要性に関することをもっと書くべきだと考える。この思いは今に始まったことではなく、かなり長い間、感じてきたことだ。人間の生活の目に見える外面的な事柄には以前ほど興味を感じない。だから生き生きと描くことができないし、以前のように魅力あるものとして描けないのだ。[22]

ハウエルズを苦しめ続けてきたさまざまな悲劇の故に、目に見える世界の現実を信じることが難しくなり、その結果、内面の世界の現実というものがあるなら、それを探求すべきではないかと感じるようになったのである。

中編『夢の影』（*The Shadow of a Dream*）はウイニフレッドが亡くなった一八八九年の末に完成し、翌年に出版された、文字通り「暗黒の時代」が生んだ作品である。娘の病の原因は精神的なものだという誤った判断に基づく治療のために結局、死を招いたことが死後に判明する。人間の目には見えない内部の力、すなわち「子供時代に抱いた、目には見えない世界についての迷信を通して人間の神経に作用する闇の力」[23]というものに対する恐れ、または関心を追及したのが『夢の影』である。[24]

『夢の影』は第一章で取り上げた初期の小品「夢」と似通った状況を扱っている。二つの作品には重要な働きをする夢のほかにも類似点が幾つかある。舞台はともに西部の村と都会に設定されている。初期の作品では、ジェフリーの意識の中で村はたえず都会と対比され、中期のこの作品では、西部の村とボストンが交互する。また、帰郷したジェフリーが従妹クララを訪問する場面は、ミセス・フォークナーに付き添って帰郷したバジル・マーチが昔の女友達を訪問する場面に対応する。加えて、最後にリアリズムを選びとるジェフリーと、一連の不思議な出来事に対してリアリスティックな姿勢を示す傍観者でかつ、一人称の語り手でもあるマーチの二人にハウエルズの姿を読み取ることができる。これらの点から、『夢の影』はいわば「夢」の影とも言うべき作品と見做すことができる。

ジェフリーの眠りをしばしば妨げる夢は「何か事が起こりそうな予感」を与えるが、「結果として決って目覚めを齎らす。」[25]『夢の影』では、事件の警告とも予告とも思える夢がフォークナーに繰り返し現われて彼を破滅させ、さらにフォークナー夫人とフォークナーの友人ネヴィル（Nevil）とにその影響力を及ぼして二人を破滅に追いやる。いずれの場合も、作者の言葉通り、「夢が一人の人間に及ぼす影響」[26]を扱っている点が共通している。しかし作品「夢」に関していえば、それは作品の全体的意味の半ばでしかない。問題点は、その夢が「結果として決って目覚めを齎らす」ということにある。事件（クララとの再会の場面での成り行き）の予告としての夢は、夢と結びつけて考えられる神秘的な内面の力よりもむしろ、覚醒を促す夢、覚醒を予示する夢、すなわち破れるものとしての夢の本質を浮かび上がらせる。

他方、『夢の影』における作者の意図は、一連の出来事に対するマーチ夫妻の判断に示されているように、外面からは窺うことのできない意識下の世界の力に対して、それが存在するものならば、人間はいかに対処すべきか、という問題を提示することであった。夢が事件を予示するものか否か、という無意識的意味の問題ではなかったのである。フォークナーの見る夢が予告した通り、彼の死後にフォークナー夫人とネヴィルとが結婚することになったとき、それが夢の予告したものであったことを知った二人は結婚を諦める。その直後のネヴィルの突然の死に続いて、一年後にはフォークナー夫人も死ぬ。引用はこの一連の出来事に対するマーチ夫妻の判断である。

僕たち（夫婦）は夢そのものに人の運命を支配する力を認めたことはありません。それは人間の思慮分別と社会の正義のためを思ってのことなのです。ただし、病的なほどの小心者や、過敏な感受性の持主の場合はそういかないでしょうが。[27]

ここに示されているのは良識ある市民の健全な判断である。彼らは夢に特別な意味を認めようとはせず、それをどう解釈するかは解釈をする側の問題であると考えている。もしそこに不吉なものの前兆を認めたとしても、その不吉な力に抵抗するのが文明人の義務である、とマーチは考える。[28] 彼は夢のもつ予言的な力について再考する。

勿論、夢がこれから起こる事柄を予言するものであった可能性はいつだってある。つまりフォークナーの生存中にハーマイア（フォークナー夫人）とネヴィルが心から愛し合っていて、心の中で彼を裏切っていた可能性はある。善も悪も人間の心に芽生えるものだから。だが二人の本当の姿をよく知る者として私たち夫婦はこの仮定の話を少しも認めたことはない。妻が言うには、それを認めることは、ハーマイアとネヴィルが自分を裏切っているに違いないと思ったフォークナーよりこの二人がひどい人間だということを告白するようなものだ。我々人間には感情を意のままに支配する力がないとか、意識的に罪を犯していないのであれば罪は存在しないなどと言わせないし、ほのめかす事も許さない、と妻は言っている。[29]

マーチ夫妻の姿勢はネヴィルとフォークナー夫人のありのままの姿に基づいて判断しようとするリアリズムである。誠実な彼らの無意識的な罪の可能性を夫妻は否定する。二人は意識的行為として結婚を諦めることによって夢の影響力を断ち切ったのである。もし二人が結婚すれば苦しみは続き、その苦悩は彼らの運命として片付けられるだろう。[30] 夫妻はこのように結論する。ここでは運命に対して人間の意志の強さが強調されている。夢の予言的な力の犠牲となったフォークナーに対するマーチのこの考えは、「暗黒の時代」を乗り切ったハウエルズの不屈の精神の投影とも、不安や恐怖を鎮静化しようとする意志的努力ともみることができる。

『夢の影』は一八八〇年代も終りに近い頃のハウエルズには珍しく、初期の「夢」と同様にロマンティックな状況を扱う作品である。[31] 先にも述べたように、この時期のハウエルズの「闇の力」に対する関心が執筆の動機であったからである。夢の予告するものに絡め取られるように当事者が次々に破滅に追いやられるという、ホーソーンの作品を連想させるような状況にもかかわらず、作者が得た結論はリアリズムに立脚したものである。[32] 作者はこの作品について

「動機はきわめてロマンティックだが、処理はきわめてリアリスティックになされている」と父親に書き送っている。[33] さらに注目すべき点は、一連の初期の作品においては意見の不一致が目立ったマーチ夫妻の間で、この問題に関して意見が一致していることである。このことはハウエルズのリアリズムがより確固としたものとなっているということの紛れもない証左である。

第三節

パリのハウエルズ、そして『使者たち』

ハウエルズは一八九四年六月、パリで建築を学んでいる息子のジョンに会うために末娘のミルドレッドを連れて旅立った。ハウエルズはすでに五十七才になっていたが、初めて「パリを見るなりすっかり夢中になってしまった。」[34] 滞在先のバック通りのアパルトマンの裏側にアメリカ人画家ジェイムズ・アボット・マクニール・ホイッスラー（James Abbott McNeil Whistler）の庭園が広がっていた。[35] そこで催された園遊会に彼は二人の子供を連れて出席した。パリ生まれの若い作家ジョナサン・スタージス（Jonathan Sturges）の姿もあった。

この直後の七月一日、ハウエルズは軽い発作を起こした父親を見舞うため単身帰国する。[36] その直後にサラトガからジョン宛に送ったハウエルズの手紙にはこの園遊会についての短い言及がある。

こうして呼び戻されて帰ってきたほうが多分よかったのだ。ヨーロッパの劇薬が心に滲み込んでいくのがわかったから。君も用心するのだよ。ヨーロッパの人たちはアメリカ人に比べてずっと充実した人生を生きている。アメリカの生活は現在を楽しむ生活というよりこれから先の生活を念頭に置いたものであって、そのことは当分変らないだろう――ここはエマソンらの国だから――私はアメリカの現在のささやかな一瞬が好きだ。だがホイッスラーの庭園を思い浮かべるとたまらない！[37]

これは園遊会がハウエルズに與えた衝撃的な影響力を物語る言葉である。そのような状況の下でハウエルズはスタージスに向って精一杯生きることを強く勧めたのである。後日、この若い作家からハウエルズの助言を伝え聞いたヘンリー・ジェイムズは、その言葉の意味するところを汲み取って自身の『創作ノート』の一八九五年一〇月三一日の項に次のように書き記している。

「ああ、君は若い、君は若いのだ。そのことを喜び給へ。そのことを喜んで是が非でも生きるのだ。力の限り生きるのだ。そうしないのは間違いだ。何を為すかは問題ではなくて――生きるのだ。ここにいるとその想いに襲われる。今、はっきりわかる。私は力の限り生きてきたとは言えない――そしてもう年老いた。手遅れだ。若い時期は過ぎた――もう私の手にはない。君には時間がある。君は若い。生きるのだ！」[38]

ここには夏の美しいパリの庭園で生きる喜びを味わいながら同時に自分自身の老いを強く意識させられたハウエルズの姿がある。事実、この年、彼自身だけでなく、周囲の親しい人たちの老いが彼の心に暗く、重くのしかかっていた。高令の父親に宛てた書簡には健康状態を案じる言葉が常に記されている。オリヴァー・ウェンデル・ホームズには、冬の間健康を害していたことを伝え聞いて見舞いの言葉を贈っている。[39] ホームズはその年の終り近くに亡くなった。彼自身もパリへ出発するまで数ヶ月も頭痛に悩み、外国行きは気が重いと言うほどであった。[40] スタージスは園遊会でのハウエルズについて「表情は悲しげで―随分と思案に沈んでいる」様子だったとジェイムズに語ったということである。[41] ハウエルズはもはや自らは果たしえない生への積極的な参加を青年に託さずにはいられなかったのであろう。

ヘンリー・ジェイムズはこのスタージスの話から一つの物語の構想を即座に得た。彼は「感覚、熱情、衝動、快楽の面でこれまで十二分に生きてきたとは言えない初老の男の姿」[42]を思い描く。この男はアメリカ人であろう、場所はどうしてもパリでなければならぬ。この男を小説家として描くとハウエルズにあまりにも似過ぎてしまう。ジェイムズの筆は止まるところを知らない。ジェイムズは一九〇一年八月一〇日付のハウエルズ宛の書簡において、スタージスへの彼の助言がなかったら『使者たち』は書かれなかっただろう、と明言している。[43]また『使者たち』はハウエルズの好意で一九〇三年一月から十二回に亙って『北米評論』に連載されることになった。長編小説の雑誌連載が不可能になっていたジェイムズはこれを喜び、感謝の手紙をハウエルズに書き送っている。[44]

『使者たち』の萌芽がハウエルズを連想させる男のイメージとなって現れたように、この作品の主人公ルイス・ランバート・ストレザー（Lewis Lambert Strether）とハウエルズの『小春日和』の主人公シオドア・コールヴィルの置かれた状況は酷似している。彼らはともに中年に達したジャーナリストである。コールヴィルは西部のインディアナで、ストレザーはマサチューセッツの寒村ウレット（Wollett）で仕事一途に過ごしてきた。そしてそれだけの人生にむなしさを感じている。そして彼らは訪れたヨーロッパでの輝やかしくも苦い経験を超えて自ら選択すべき道を見出す。彼ら二人の主人公にはそれぞれ強い影響力を持つ高雅な中年婦人とその情純な娘が配置されている。これらの点から『使者たち』がハウエルズの言葉から着想を得ただけでなく、『小春日和』そのものの影響も受けていると推測されるが、現在刊行されている両者の書簡類その他の資料にこの点を証明するものは見出せない。また両作品はともにそれぞれの作者にとって最も満足すべき出来栄えとなっている。『小春日和』についてはすでに触れた。『使者たち』についてジェイムズは「自分の作品の中ですべての点において最高のもの」と述べている。[45] 自らに最もふさわしい人生の伴侶と安住の地を見出したコールヴィルに対してストレザーはどのような道を辿るのであろうか。

ウレットの資産家ニューサム夫人（Mrs. Newsome）の息子チャド（Chadwick）はパリに居ついて戻ってくる気配がない。ニューサム夫人は息子を連れ戻すための使者としてストレザーをパリに送り出す。ストレザーは夫人の経営する評論雑誌の編集に携わっている。この任務を遂行した暁には夫人との結婚によってその資産も彼のものとなるはずである。「想像力豊かな」[46] ストレザーはイギリスの古い町チェスターを訪れて解放感を味わい、パリではこれまでの灰色の過去が再び輝き始める。ウレットの見方ではチャドは堕落したと考えられているが、彼は洗練された好ましい青年になっており、非難されるような点は見出せない。

春の一日、偉大な彫刻家グローリアーニ（Gloriani）の庭園で園遊会が催される。ストレザーはチャドの親しい友人ヴィオネ夫人（Mme de Vionnet）とその娘ジャンヌ（Jeanne）にすでに紹介されており、彼らと共にその日、客人の一人として出席している。チャドが「白いドレスを身にまとい、柔らかい羽根飾りのついた白い帽子を被った」ジャンヌを伴なってストレザーの方へ近づいてくる。ストレザーはチャドの相手はジャンヌだと思い込んでいる。ヴィオネ夫人だとは思いもつかぬ。

「ああ、チャドだ！」――できることならこの稀にみる素晴らしい若者のようになれたら。[47]

ストレザーは「まるで一幅の絵画を見ているような」気分であった。彼は自分をチャドの位置に置いてみずにはいられない。若さを回復して自らジャンヌをエスコートしたいと思う。ストレザーの意識の中では行動家チャドと傍観者である彼自身が対峙している。いわば自らの内にある行動への衝動をチャドにより満足させたいストレザーなのである。この関係はジェイムズの作品においては初期からよく現われるパターンである。そのよい例は、画家の手を持たぬディレッタント・ローランド・マレットと実作者ロデリック・ハドスン、病身のラルフ・タッチェットと進取の気象に富むイザベル・アーチャである。生への衝動を抑えることができなくなっているストレザーはチャドの友人であるしろうと画家リトル・ビラム（"Little Bilham"）に向ってこう言わずにはいられない。

どんな点でも君に限って遅過ぎることはない。僕には君が汽車に乗り遅れそうだとは思えないんだ。（中略）それでもやはり、君は若い。幸いなことに若い、ということを忘れないでくれ給え。それどころか、若さを喜び、若さに恥じないように生き給え。力の限り生きるんだ。そうしないのは誤りだ。特に何をするかが問題ではない。君が生きている限り、君が与えられた人生を生きなければ君にはほかに何があるというのだ。（中略）私はこれまで生きてきて、たいしたことはしてこなかった——そしてもう若くはない。ともかく自分がしたいと思っていることをするにはもう年を取り過ぎている。（中略）あまりにも手遅れなのだ。[48]

リトル・ビラムへのこの積極的な助言は、ジェイムズ自身の中に少年の頃からある、行動への強い衝動の表われであり、これが彼の傍観者的姿勢を単なる受動的なものに終らせることがなかった最大の要因である。

ウレットは成果を出せずにいるストレザーに代る使者を次々に送り込んでくる。彼らの批判に疲れたストレザーは、ある日、一人でパリの郊外へ出向く。そこで彼はかつて手に入れたいと思って果たせなかったランビネ（Emile Charles Lambinet）の絵画に描かれたフランスの田舎の自然を見出す。[49] 川の流れを望む宿屋のベンチに腰をおろしたストレザーの目には、しかしその眺めは何か空虚なものに映った。何かが欠けている。するとその時、その流れの上にカーヴを回って小舟が一隻現われた。小舟には「櫂を握った男とピンクのパラソルをかざして船尾にすわる貴婦人」が乗っていた。これこその眺めに欠けていたものを「いっぱいに満たす」ものであるように思われた。[50] 二人はチャドとヴィオネ夫人であった。ストレザーはこの時初めて、チャドの相手が夫人であることを悟るのである。ランビネの絵の空間を埋める細部としてのチャドと夫人の登場によってこの絵画が完成したからには、ストレザーもこれを受け入れざるを得なかった。彼はチャドに夫人を見捨てるなと忠告して、パリの友人たちと別れて帰国する決意を固める。ニューサム夫人との約束がすべて無に帰することは承知の上での選択である。

かつてランビネの絵を手に入れたいと願ったストレザーには、細部が完備した形での絵を拒む理由は何一つない。洗練された美を体現するヴィオネ夫人を得たチャドにストレザーは自らの輝かしい生の充実を託したのである。ジェイムズが、スタージスの語るハウエルズの言葉から得た物語の萌芽に読み取ったものは、「自分に代って他人が享受する自由」を感じ取る喜び[51]であった。ランビネの絵画を用いることによってジェイムズの世界がここに審美的に具象化されていると言えよう。

注

序論

1 William Dean Howells, *Criticism and Fiction and Other Essays* (New York: New York Univ. Pr., 1959), pp.14, 15, 62, 65-66.

2 The *New York Times* (29 Dec. 1907), V, 2.

3 Henry James, "Mr. and Mrs. Fields," The *Atlantic Monthly* (July 1915), reprinted in *The American Essays of Henry James*, ed. Leon Edel (New York: Vintage Books, 1956), p.270.

4 Oscar Cargill, "Henry James's 'Moral Policeman': William Dean Howells," *American Literature*, 30 (Jan. 1958), 371.

5 Michael Anesko, *Letters, Fictions, Lives: Henry James and William Dean Howells* (New York: Oxford Univ. Pr., 1997), p.vii.

6 See Leon Edel, *The Untried Years* (London: Rupert Hart-Davis, 1953), pp.274-281; Cornelia P. Kelley, *The Early Development of Henry James* (Urbana: Univ. of Illinois Pr., 1965), pp.73-80; Anesko, *op. cit.*, pp.11-13.

7 *Life in Letters of William Dean Howells* (1928), ed. Mildred Howells (New York: Russell and

Russell, 1968), I, 116.

8 ジェイムズは The *Continental Monthly* 二月号に発表した "A Tragedy of Error" で小説家として、The *North American Review* の十月号に発表した匿名の書評（イギリスの経済学者 Nassona W. Senior の *Essays on Fiction* について）で批評家としてデビューした。

9 See William Dean Howells, "The American Henry James," *Life in Letters*, II, 397; Anesko, *op. cit.*, p.471. 後者はより正確な形のテクストを収めている。

10 *The Letters of Henry James* (1920), ed. Percy Lubbock (New York: Octagon Books, 1970), II, 221, 222.

11 Ellery Sedgwick, *A History of the Atlantic Monthly, 1857-1909: Yankee Humanism at High Tide and Ebb* (Amherst: Univ. of Mass. Pr., 1994), p.138.

12 See *Ibid.*, p. 139.

13 *Life in Letters*, I, 181. Also see Anesko, *op. cit.*, p.90.

14 Richard H. Brodhead, "Literature and Culture," *Columbia Literary History of the United States*, ed. Emory Elliott (gen. ed.) (New York: Columbia Univ. Pr., 1988), p.472.

15 See Sedgwick, *op. cit.*, p.11. ジェイムズに対するホランドの誘いについては、ハウエルズ宛一八七四年三月十日付のジェイムズの書簡においても触れられている。ジェイムズは、作品を書くときはこれを『アトランティック』に渡すという諒解がハウエルズとの間にあると感じていた（*HJ Letters*, ed. Leon Edel (Cambridge, Mass.: Harvard Univ. Pr., 1974), I, 436-437)。

16 Anesko, *op. cit.*, p.95.

17 See Sedgwick, *op. cit.*, p.4.

18 See *Ibid.*, p.127.

19 See Cargill, *op. cit.*, p.376.

20 "... I can't doubt that James has every element of success in fiction. But I suspect that he must in a great degree create his audience." (To Charles Eliot Norton (Aug, 10. 1867), *Life in Letters*, I, 118.)

21 「未来のマドンナ」についてはF. O. Matthiessen, *The James Family* (New York: Alfred A. Knopf, 1961), pp.121-123; *Henry James Letters*, I, 333参照。『アメリカ人』についてはHenry *James Letters*, II, 105参照。

22 Sedgwick, *op. cit.*, pp. 151, 159.

23 Quoted in *The James Family*, p.319.

24 ハウエルズのこの未完のエッセイの執筆時期については Anesko, *op. cit.*, p.468, n.5 参照。

第一章

1 "I believe that its free and simple design, where event follows event without the fettering control of intrigue, but where all grows naturally out of character and conditions, is the supreme form of fiction:…" (William Dean Howells, *My Literary Passions* (1895) (New York: Greenwood,1969), p.26.)

2 See Edwin H.Cady, *The Road to Realism: The Early Years of William Dean Howells, 1837-1885* (Syracuse: Syracuse Univ. Pr., 1956), p.51.

3 Herbert F. Smith, *The Popular American Novel,1865-1920* (Boston: Twayne, 1980), p.19.

4 William Dean Howells, "A Dream," *Knickerbocker*, LVIII (Aug. 1861), 146-50.

5 ハウエルズ自身による回想記『私の青春時代』（*Years of My Youth*, 一九一六）によれば、「ジェフリー・ウインター」を出版するための努力は長期に亙るも実を結ばなかった、とある。同じ箇所で彼が、どこかにある筈だと述べているその原稿は、現在、ハーヴァード大学ホートン・ライブラリーのハウエルズ・コレクションに収められている（*Years of My Youth and Three Essays* (Bloomington: Indiana Univ.

Pr., 1975), pp.180, 285)。

その後一九九〇年に「ジェフリー・ウインター」は「ジェフリー―アメリカの生活のスケッチ」の表題を付してトマス・ワーサム編纂の『ウィリアム・ディーン・ハウエルズの初期散文作品―一八五三―一八六一』（オハイオ大学出版局）に初めて収録された（二五四―三〇八頁）。

6 See William Dean Howells, "The Turning Point of My Life," *Harper's Bazaar*, XLIV (March 1910), 165-66.

7 Quoted in Edwin H.Cady, *The Realist at War.: The Mature Years of William Dean Howells, 1885-1920* (Syracuse: Syracuse Univ. Pr., 1958), p.58.

8 ケネス・S・リンはハウエルズの伝記 *William Dean Howells: An American Life* (New York: Harcourt Brace Jovanovich, 1975) において、故郷および肉親との訣別を暗示する作品としてこの短編に簡単に言及している（一〇五―一〇六頁）。

9 右掲書一〇六頁参照。

10 "A Dream," p.150.

11 Quoted in *The Road to Realism*, pp.58-59.

12 エドウィン・H・ケイディは、この詩のヒロインを母メアリーと読むことは可能性のないことではない、

と述べている (See *Ibid.*, p.58)。

13 *Years of My Youth*, p.79.

14 *Ibid.*, p.17.

15 W.D.Howells, *A Boy's Town* (New York: Harper & Brothers, 1900), p.9.

16 *Years of My Youth* p.4.

17 See Kenneth S. Lynn, *op. cit.* p.333.

18 *A Boy's Town*, p.7.

19 "A Dream," p.150.

20 See *The Road to Realism*, pp.89-91.

21 *Life in Letters of William Dean Howells*, I, 34.

22 *Ibid.*, II, 129.

第二章

1 Henry James, "William Dean Howells," *Henry James: The American Essays*, p.174. This essay originally appeared in *Harper's Weekly* (June 19, 1886).

2　第一章注6参照。

3　James Russell Lowell, "Review of *Suburban Sketches*," The *North American Review*, CXII (Jan. 1871), 236.

4　See James Russell Lowell, Letter to William Dean Howells (May 12, 1869), *Letters of James Russell Lowell*, ed. Charles Eliot Norton (New York: AMS Pr., 1977), II, 32. この書簡の中でローエルは、『ボストン郊外のスケッチ』に収録されている「玄関先の知人」("My Door-step Acquaintance")を読んだミス・ノートン(Miss Norton)の感想を伝えている。"The pretty pictures in it come up before me...and I am not quite sure that whether Cambridge is in Italy—though, now I think of it, I know Italy is sometimes in Cambridge!" ミス・ノートンは一八五五年秋に家族と共にイタリア旅行を経験している。

5　William Dean Howells, *Venetian Life* (New York: AMS Pr., 1971), p.94.

6　George W. Curtis, "Review of *Venetian Life*," *Harper's Monthly*, XXXIII (Oct. 1866), 668.

7　*Venetian Life*, p.10. ハウエルズの言葉は、アメリカの精神的独立宣言と言われたマーク・トウェインの『赤毛布外遊記』の序文で表明された意図へと受け継がれていく。「この書物の目的は、自分より前にヨーロッパや東方の国々を旅した人たちの目を借りずに、自分自身の目でその土地を眺めたらどのように見えるか、ということを読者に示すことである。」

8 Anonymous, “Review of *Venetian Life*,” The *Contemporary Review*, II (Aug. 1866), 594-595.

9 Anonymous, “Review of *Venetian Life*,” The *Round Table*, IV (Sept.8,1866), 90.

10 *Venetian Life*, pp.9-10.

11 三五頁参照。

12 *Venetian Life*, p.10.

13 See Henry James, ”Review of *Italian Journeys*,” The *North American Review* (Jan. 1868), reprinted in *Literary Reviews and Essays by Henry James*, ed. Albert Mordell (New Haven, Conn.: College and Univ. Pr., 1957), pp.198-202; James L. Woodress, Jr., *Howells and Italy* (New York: Greenwood Pr., 1969), p.72.

14 To M. M. Hurd (Feb. 4, 1869), *Life in Letters*, I, 153.

15 William Dean Howells, *Italian Journeys* (Boston: Houghton, Mifflin, 1901), p.16.

16 *Venetian Life*, p.94.

17 See James D. Hart, *The Popular Book: A History of America’s Literary Taste* (Berkeley: Univ. of California Pr., 1963), pp.104, 117-118, 121.

18 *Venetian Life*, p.33.

19 *Ibid.*, p.37.

20 Kenneth S. Lynn, *op. cit.*, p.147.

21 *Venetian Life* p.414.

22 *William Dean Howells: A Bibliography*, compiled by Vito J. Brenni (Metuchen, N.J.: The Scare Crow Pr., 1973), p.20.

23 George C. Carrington, Jr., *The Immense Complex Drama: The World and Art of the Howells Novels* (Columbus, Ohio: Ohio State Univ. Pr., 1966), pp.158, 166.

24 To M. M. Hurd, *Life in Letters*, I, 153-154.

25 To Henry James (June 26, 1869), *Life in Letters*, I, 144.

26 William Dean Howells, *Suburban Sketches* (New York: Hurd and Houghton, 1871), p.61. いずれもジョン・バニヤンの『天路歴程』に出てくる場所。

27 *Venetian Life*, p.35.

28 *Suburban Sketches*, p.41.

29 *Ibid.*, p.61.

30 *Ibid.*, p.62. カーティスは註（6）に挙げた『ヴェニスの生活』の書評を執筆したGeorge William Curtis (1824-92)。一八五二年に*The Howadgi in Syria*を出版した。

31 *Ibid.*, pp.77-81.

32 *Ibid.*, pp.64-67.

33 To Henry James（June 26, 1869), *Life in Letters*, I, 142.
この点に関しては、*Suburban Sketches*からほかにも例をあげることが出来る—"the aggressive and impudent squalor of an Irish quarter" (p.20); "the spiritual desolation occasioned by the settlement of an Irish family in one of our suburban neighborhood" (pp.70-71)。

34 *Suburban Sketches*, p.26.

35 Olov V. Fryckstedt, *In Quest of America: A Study of Howells' Early Development as a Novelist* (Cambridge, Mass.: Harvard Univ. Pr., 1958), p.87.

36 *Suburban Sketches*. p.107.

37 *Ibid.*, p.108.

38 *Ibid.*

39 「鉄道馬車でボストンへ」は、スケッチ発表の間隔が狭まってくる一八七〇年に入って最初に発表された

（一月）。49頁参照。

40　*Suburban Sketches*, p.189.

41　*Ibid.*, p.191.

42　*Ibid.*, p.194.

43　Kenneth S. Lynn, *op. cit.*, p.203.

44　*The Immense Complex Drama*, pp.33, 54, 60.

45　Virginia Woolf, "Mr. Bennett and Mrs. Brown" (1924), *The Captain's Death Bed and Other Essays* (London: The Hogarth Pr., 1950), pp.90-111. また、ヴァージニア・ウルフには、同様に車中で一緒になった不幸せな感じの婦人が途中下車するまでの間、彼女の身の上について想像を巡らす作家とおぼしき一人称の語り手を用いた短編「書かれざる小説」("An Unwritten Novel," *A Haunted House and Other Short Stories* (1944) (London: The Hogarth Pr., 1962), pp.14-26) もある。

46　To Charles Eliot Norton (Jan. 16, 1871), *The Letters of Henry James*, I, 30.
ジェイムズの言う「眞に貪欲な想像力」とは何か。この書簡の前年（一八七〇）に発表されたスケッチ「サラトガ」の次の一節はそれを説明するものである。

The heavy roads are little more than sandy wheel-tracks; by the tangled wayside the blackberries wither unpicked. The horizon undulates with an air of having it all its own way. There are no white villages gleaming in the distance, no spires of churches, no salient details. It is all green, lonely, and vacant. If you wish to enjoy a detail, you must stop beneath a cluster of pines and listen to the murmur of the softly-troubled air, or follow upward the scaly straightness of their trunks to where the afternoon light gives it a colour. (“Saratoga,” *Portraits of Places* (1883) (Freeport, New York: Books For Libraries Pr., 1972), p.335.)

当時のジェイムズは、アメリカにおいて創作活動を続けようとする作家には何が必要か、という問題に取り憑かれていた。彼は空白を華やかに彩る想像力とは異なるものが必要だと考える。それは空白の風景の中の極小の微粒子から眞実を搾り取る「貪欲な想像力」でなければならなかった。アメリカの古戦場の一つ（過去ないしは歴史の要素を意味する）であり、かつ（風俗の一要素としての）社交場として知られたサラトガにおいてすら、その風景は空白そのものであったからである。

第三章

1 Christof Wegelin, “The Rise of the International Novel,” *PMLA*, LXXVII (June 1962), 305. 国際小説をアメリカ社会の経験の産物として捉え、現実の新旧両世界の関係の進展と結びつけるこの論文の著者ヴェイガリンは、最初の国際小説は何かという問題に関しては、どれを挙げても独断的な解答になる、との見解を示している。他方、ヴェイガリンがこの論文を書くきっかけを作ったOscar Cargillの“The First International Novel,” *PMLA*, LXXIII（Sept. 1958）はこのジャンルの小説における倫理的要素を重視して、ヘンリー・ジェイムズの『アメリカ人』（*The American*, 1876）を最初の国際小説として挙げている（421-422頁）。

2　フリクシュテットは、年配の婦人の付添いもなく旅するアメリカ娘がヨーロッパの人々に衝撃を与えることを記した、雑誌 The *Nation*（June 30, 1872）の記事の一部を引用している（*In Quest of America: A Study of Howells' Early Development as a Novelist*, p.144）。のちに取り上げるハウエルズの『アルーストゥク号の婦人』はヨーロッパまで一人旅をしたアメリカ娘の話がヒントとなって生まれた作品である。

3　註2で述べたThe *Nation*の記事のほかに、ジェイムズが見聞したアメリカ娘の行状についての記述が作者自身による“Daisy Miller”のニューヨーク版の序文の中にある。以下の引用はいずれも*The Art of the Novel: Critical Prefaces by Henry James*（New York: Charles Scribner's Sons, 1934）からのものである。

（i）“It was in Rome during the autumn of 1877; a friend then living there...happened to mention... some simple and uninformed American lady of the previous winter, whose young daughter, a child of nature and freedom, accompanying her from hotel to hotel, had" picked up "by the wayside, with the best conscience in the world, a good-looking Roman, of vague identity...." (p.267) (iii) "It was in Italy again—in Venice and in the prized society of an interesting friend... with whom I happened to wait, on the Grand Canal, at the animated water-steps of one of the hotels. The considerable little terrace there was so disposed as to make a salient stage for certain demonstrations on the part of two young girls, children *they*, if ever, of nature and of freedom, whose use of those resources, in the general eye, and under our own as we sat in the gondola, drew from the lips of a second companion, sociably afloat with us, the remark that there before us...were a couple of attesting Daisy Millers." (p.269)

4 William Dean Howells, "Mr. James's Daisy Miller" (1902), in *Discovery of a Genius*, ed. Albert Mordell (New York: Twayne, 1961), p.181.

5 Henry James, "Preface to *The Reverberator,*" *The Art of the Novel,* p.194.

6 *In Quest of America,* p.147.

7 To James M. Comly, *Selected Letters, Vol. 1: 1852-1872*, ed. George Arms et al. (Boston: Twayne, 1979), p, 380.（この書簡選集（全六巻）は二巻本の Mildred Howells 編 *Life in Letters of William Dean*

Howells（1928）以来、実に半世紀ぶりの書簡選集である。）

8 *Ibid.*, p, 386.

9 *Ibid.*, p, 393.

10 See *Ibid.*, p, 393, n.5.

11 *Ibid.*, p, 387, n.3.

12 アメリカ娘が小説のヒロインとしてふさわしいものであるとの示唆をハウエルズがジェイムズの作品から受けたとみられることに関連して注目すべき事柄がある。ハウエルズは一八六六年六月一七日付の妹 Victoria 宛の書簡の中で“a romance the scene of it to be laid in Italy, or Venice, rather”と書きつけて、のちに『既定の結末』（一八七五）となるはずのロマンスに着手しようとしていることを伝えている（*Life in Letters*, I, 113)。この計画はジャーナリストとしての仕事で多忙を極め、実行に移されないままになっていたが、一八六七年一二月一五日付の、友人M. M. Hurd宛の書簡には、「少しでも時間のある時は例の小説に手をつけている」とある（*Selected Letters*, I, 291)。「例の小説（the novel)」が妹に打ち明けた“a romance”と同じものであるのか明確にし難いが、ハウエルズが「旅の道づれ」より四年も早く、イタリアを舞台にした作品の計画を持っていたことがわかる。

13 一八六九年のヘンリーのヨーロッパ旅行の目的地として両親はドイツを希望したが、彼は自分の希望を曲げることなくイギリスからイタリアへと旅を続けた。兄ウイリアムは、ドイツでの勉学を終えて弟と入れ替りに帰国したばかりであった。ジェイムズの新しい伝記の著者Sheldon N. Novickは、ブルックは「ヘンリー自身というよりむしろウイリアムのようだ」と書いている（*Henry James: The Young Master* (New York: Random House,1996), p.226)。

14 Henry James, "Travelling Comparisons," *The Complete Tales of Henry James*, ed. Leon Edel (London: Rupert Hart-Davis, 1962), II, 175.

15 *Ibid.*, II, 181.

16 *Ibid.*, II, 184.

17 *Ibid.*, II, 178.

18 To Mrs. Henry James, Sr. (Oct. 13, 1869), *Henry James Letters*, ed. Leon Edel (Cambridge, Mass.: Harvard Univ. Pr. 1974), I, 152.

19 *The Complete Tales of Henry James*, II, 212.

20 *Ibid.*, II, 173.

21 Henry James, "Daisy Miller: A Study," *The Complete Tales of Henry James*, ed. Leon Edel (London: Rupert Hart-Davis, 1962), IV, 144.

22 *The Complete Tales of Henry James*, II, 178.

23 To William James (Mar. 8, 1870), *Henry James Letters*, I, 208.

24 シャーロットのモデルをミニーとする見方に対して、エヴァンズ父娘は、『ある婦人の肖像』のギルバート・オズモンドと娘パンジィのモデルと見られているフランシス・ブートとその娘リジィとも言われてきた。イタリア在住のこのアメリカ人父娘はジェイムズ一家がケンブリッジに住んでいた頃から親しくしていた。ノヴィックはシャーロットのモデルは明らかにリジィとみて、シャーロットをイタリアでのリジィと重ねている（*Henry James: The Young Master*, pp. 226-227)。しかし「旅の道づれ」がミニーの死の直後の作品であること、各種の書簡を読んでも、少なくともこの当時、ジェイムズにとってリジィがミニーを凌ぐ存在であったとも思えないことから判断して、ヒロインのモデルはミニーに近い、と筆者は考える。

25 *The Complete Tales of Henry James*, II, 214.

26 Henry James, *Autobiography*, ed. F. W. Dupee (New York: Criterion Books, 1956), p.544.

27 ジェイムズの伝記作者Fred Kaplanは、シャーロットとブルックの結婚という幸せな結末が、悲劇的な結末を嫌う『アトランティック・マンスリー』の編集者たち（ジェイムズ・T・フィールズとハウエルズ）を満足させたことであろう、と述べている。（*Henry James: The Imagination of Genius* (New York: William Morrow, 1991), p.127)。

28 『アトランティック・マンスリー』の一八七三年一月号からの連載は六回に亙った。

29 William Dean Howells, *Their Wedding Journey*, ed. John K. Reeves (Bloomington: Indiana Univ. Pr., 1968), p.3.

30 *Ibid.*, p.125.

31 *Ibid.*, p.121.

32 *Ibid.*, p.126.

33 William Dean Howells, *A Chance Acquaintance* (Bloomington: Indiana Univ. Pr., 1971), p.130.

34 *Ibid.*, p.132.

35 *Henry James Letters*, I, 373.

36 Charles Eliot Norton 宛一八七一年一月一六日付の書簡において、ジェイムズはハウエルズにおける "a really *grasping* imagination" の欠如を指摘している。第二章末尾および注46参照。

37 *Henry James Letters*, I, p.396.

38 *Ibid.*, p.401.

39 "Howells's *A Foregone Conclusion*," *The North American Review* (Jan. 1875) and "Howells's *A Foregone Conclusion*," *The Nation* (Jan.7, 1875) in *Literary Review and Essays by Henry James*,

ed. Albert Mordell (New Haven: College and University Pr., 1957).

40 Cornelia P. Kelley, *The Early Development of Henry James* (Urbana: Univ. of Illinois Pr., 1965), p.269.

41 *Literary Reviews and Essays by Henry James*, p.211.

42 *In Quest of America*, p.148, n.22.

43 Henry James, *The Portrait of a Lady* (New York: Random House, 1951), I, 287-288.

44 *The Complete Tales of Henry James*, II, 210-211.

45 Cornelia P. Kelley, *op. cit.*, pp.268-270.

第四章

1 Tony Tanner, "Introduction," in *Indian Summer* (Oxford: Oxford Univ. Pr., 1988), p.xiii.

2 See p.209, n.12.

3 See *Life in Letters*, I, 58-59, 65, 85.

4 本書第二章参照。

5 Henry James, "Howells's *A Foregone Conclusion*," The *North American Review*, XII (January

1875), and "Howells's *A Foregone Conclusion,*" The *Nation*, XIX (7 January 1875), reprinted in *Literary Reviews and Essays by Henry James*, ed. Albert Mordell, pp.202-215.

6 *The Road to Realism*, p.190.

7 Thomas Wentworth Higginson, "Howells" (1879), in *Howells: A Century of Criticism*, ed. Kenneth E. Eble (Dallas, Tex.: Southern Methodist Univ. Pr., 1962), p.15.

8 *Ibid.*

9 *The Immense Complex Drama*, p.28.

10 キャリントンは前掲書の中で、この作品の中心人物と言えるのはフェリスである、との見解をとっている（二五―二九頁）。ちなみにジェイムズは、ハウエルズのこの作品と同じ年に、Rowland Mallet の「意識のドラマ」とのちに批評的序文で述べた *Roderick Hudson* を発表している。

11 William Dean Howells, *A Foregone Conclusion* (Upper Saddle River: Gregg Press, 1970), p.247.

12 *Ibid.*, p.76.

13 *Ibid.*, p.89.

14 *Literary Reviews and Essays by Henry James*, pp.209, 214.

15 *Life in Letters*, I, 198.

16　*A Foregone Conclusion,* pp.264-265.

17　*The Letters of Henry James,* I, 34.

18　*Literary Reviews and Essays by Henry James,* p.213.

19　See Cornelia P. Kelley, *op. cit.*, pp. 268-269. ケリーはさらにこの時期のジェイムズの *Confidence*（1880）にもハウエルズの小説の影響が見られるとの見解を示している（二七七頁）。

20　第三章　注3（ⅰ）参照。

21　雑誌社が「デイジー・ミラー」の受け取りを拒否したもう一つの理由として、この作品の形式が雑誌社側が嫌う中編（*nouvelle*）であったことが挙げられる。

22　相反する複数の特徴を備えた複合の性格の創造は、アメリカ小説の発展の過程で一八七〇年代以後、注目すべきものになってきている、と見るロバート・フォーク（Robert Falk）は、その代表的な例としてジェイムズの『ロデリック・ハドスン』、『アメリカ人』、「デイジー・ミラー」を、そしてハウエルズの『既定の結末』、『アルーストゥク号の婦人』を挙げている（"The Rise of Realism, 1871-91," *Transitions in American Literary History,* ed. H. H. Clark（Durham,: Duke Univ. Pr., 1953), p.394)。

23　See *A Foregone Conclusion,* p.19.

24　*Literary Reviews and Essays by Henry James,* p.207.

25 切り詰めた作品の構成は、一八七二年に初めてハウェルズが読んだとされているロシアの作家ツルゲーネフの作品の影響もあったと推測される。

26 *The Complete Tales of Henry James*, IV, 201.

27 *Ibid.*, 150-151.

28 *A Foregone Conclusion*, p.108.

29 *The Complete Tales of Henry James*, IV, 207.

30 *Life in Letters*, I, 256.

31 Annette Kar, "Archetypes of American Innocence: Lydia Blood and Daisy Miller," *American Quarterly*, V（Spring 1953）, 31. カーは注記として、両作家が執筆中に相手の作品について意見を述べた証拠は、取り交わされた書簡の中には見出せない、としている。

32 William Dean Howells, *The Lady of the Aroostook*（Boston: Houghton Mifflin, 1886）, p.207.

33 *Ibid.*, pp.64-65.

34 John W. Crowley, "An Interoceanic Episode: *The Lady of the Aroostook*," *On Howells: The Best from American Literature*, ed. Edwin H. Cady and Louis J. Budd（Durham: Duke Univ. Pr., 1993）, p.258.（九八頁参照。）

35 *Life in Letters*, I. 59.

36 この作品には『既定の結末』や『アルーストゥク号の婦人』に登場した人物や類似の状況が繰り返し用いられている。オーストリアの将校 Captain von Ehrhardt はリディアに付きまとうイタリアの将校 Colonel Pazzelli にあたり、アメリカの領事で彫刻家の Hoskins はヘンリー・フェリスの後継者である。これは、フリクシュテットが述べているように、ハウエルズがイタリア関係の材料を使い尽くしてしまったことにもよるであろう。(*In Quest of America*, p.143)。しかし、*Indian Summer* で使用されるものは手つかずにあることを考えると、ハウエルズがこれらの人物の発展の可能性を認めていたとしても、当時の彼の健康状態から見て、十分深めることができずに終ったと推測することができる。

37 See *Venetian Life*, p.17.

38 *Ibid.*, p.18. またハウエルズは、イタリアの女性がオーストリアの将校と国際結婚した場合は、彼女が母国に居ながら亡命者と同じ道を歩まざるを得ない、とも記している。

39 William Dean Howells, *A Fearful Responsibility & Other Stories* (Westport, Conn.: Greenwood, 1970), pp.82-83.

40 *Ibid.*, p.83.

41 *Ibid.*, p.124.

42 *Ibid.*, p.162.

43 James Woodress, Jr. *op. cit.*, p.169.

第五章

1 米国版はその翌年、一八八〇年にHarper and Brothers社から出版された。

2 "Considering how little James had actually written at that time (1878) it is rather remarkable that he should have been invited to contribute to what was a distinguished series, namely *English Men of Letters*". (*Hawthorne by Henry James*, with Introduction and Notes by Tony Tanner (London: Macmillan, 1967), p.3.)

3 To William Dean Howells (Jan. 31[1880]), *Henry James Letters*, II, 266-267.

4 Henry James, *Autobiography,* pp.477-480.

5 *Ibid.*, p.480.

6 *Hawthorne* (Ithaca, N.Y.: Cornell Univ. Pr., 1956), p.2.

7 *Ibid.*, p.23.

8 *Ibid.*, p.34.

9 "Chester," *The Art of Travel by Henry James*, ed. Morton Dauwen Zabel (New York: Anchor Books, 1962), pp.93-94.

10 ここに引いたスケッチ「サラトガ」の一節および注11のノートン宛書簡については、第二章の注46を参照。

11 *The Letters of Henry James*, I, 30.

12 *Hawthorne*, p.34.

13 See Tony Tanner, *op. cit.*, p.8.

14 "Hawthorne's French and Italian Journals," The *Nation* (14 Mar. 1872), reprinted in *The American Essays of Henry James*, pp.3-11.

15 *Ibid.*, pp.5-6.

16 *Ibid.*, p.6.

17 *Ibid.*, p.11.

18 See Tony Tanner, *op. cit.*, p.14.

19 *Henry James Letters*, II, 274.

20 Reprinted in *Discovery of a Genius*, pp.92-97.

21 Preface in *Discovery of a Genius*, p.7.

22 ハウエルズの「デイジー・ミラー」についての二つの書評と一編の評論は以下の通りである。（ⅰ）"Daisy Miller and The Europeans," The *Atlantic Monthly* (Feb. 1879), included in *Discovery of a Genius* (pp.85-87), and also in *William Dean Howells as Critic*, ed. Edwin H. Cady (London: Routledge and Kegan Paul, 1973).（ⅱ）"Defense of Daisy Miller," The *Atlantic Monthly* (Mar. 1879), included in *Discovery of a Genius* (pp.88-91).（ⅲ）"Mr. James's Daisy Miller," *Harper's Bazaar* (Jan. 1902), published in *Heroines of Fiction* (1901), and also included in *Discovery of a Genius* (pp.180-191).

最初の書評では、「デイジー・ミラー」をアメリカ娘に対する侮辱と見做す批評家を「卑屈なほど俗物的」で「我慢ならないほど非愛国的」であることにショックを受けた、と述べている。そしてジェイムズの才能は「性格を観察する鋭い目と鋭敏な識別力」にあると指摘している。間を置かずに書かれた次の書評は偏見を持たずに作者の意図に沿った読み方に基づいたもので、外国人（この場合は英国人）の考えに対する我々アメリカ人の受け取り方が「地域性を表わす偏狭な」ものであることを思い知らされる、と断じている。アメリカの欠点を見過ごすことなく批判する健全な精神の働きを感じ取ることができる。デイジーの言動はアメリカでは異常なものではない、と述べるハウエルズは、イタリアの男女交際のルールの厳しさに通じているだけに、この時期の発言としては注目される。最後に挙げた評論は「デイジー・ミラー」を巡る非難の動きに対するハウエルズの全般的な評言である。作品の出来栄えはきわめてよく、作者の技倆が完璧であること、女性を描くことにかけてはジェイムズの右に出る者はいないこと、そしてアメリカはデイジーの「聖なる無垢」を理解できなかったのだ、とまで述べている。またローエル宛の書簡（一八七九年六月、*Life in Letters*, I, 271）では、ジェイムズの技倆はアメリカ人にとって誉れである、彼は将来、多くの読者を得るだろう、とジェイムズを褒めちぎっている。

23 *Discovery of a Genius*, p.92.

24 *Ibid.*, p.96.

25 *Henry James Letters*, II, 267. ジェイムズとハウエルズの二人の作家と親交があったイーディス・ウォートンも、人間が紡ぎ出した「習慣と風俗と文化の網の目」から剥ぎ取られた人間に何が残るのか、とハウエルズの考えに疑問を呈している（"The Great American Novel," *Yale Review* 16（1927）, 652, quoted in Katherine Joslin, *Edith Wharton*（Macmillan, 1991）, p.29）。

26 Reprinted in *W.D Howells: Selected Literary Criticism*（Bloomington: Indiana Univ. Pr., 1993）, I, 197-200.

27 *Ibid.*, 200.

28 See Henry James, "Nathaniel Hawthorne," *The American Essays of Henry James*, pp.13-14. この

エッセイは一八九七年にCharles Dudley Warner編*The Library of the World's Best Literature*第十二巻のために書かれたものであるが、一九五六年までは再び活字になることはなかった。現在ではレオン・エデル編の*The American Essays of Henry James* (1956) のほかに*Henry James: Essays on Literature, American Writers, English Writers* (New York: Library of America, 1984) にも収録されている。

29 To William Dean Howells (Jan. 31 [1880]), *Henry James Letters*, II, 268.

30 Gay Wilson Allen, *William James* (New York: Viking, 1967), p.172.

31 Quoted in *The James Family*, ed. F.O. Matthiessen (New York: Alfred A. Knopf, 1961), p.319.

32 George Perkins, "Howells and Hawthorne," *Nineteenth Century Fiction*, XV (Dec. 1960), 259-262; Elaine Hedges, "Howells on a Hawthornesque Theme," *Texas Studies in Literature and Language*, III (Spring 1961), 129-143; James W. Mathews, "The Heroines of Hawthorne and Howells," *Tennessee Studies in Literature*, VII (1962), 37-46.

33 Marius Bewley, *The Complex Fate* (London: Chatto and Windus, 1952), p.11.

34 "This idiom [of the reformers in *The Bostonians*] as used by Hawthorne and James, and a little later by W.D. Howells in *The Undiscovered Country*...." (*Ibid.*, p.14.)

35 Edwin H. Cady, *Light of Common Day: Realism in American Fiction* (Bloomington: Indiana Univ. Pr., 1971), p.135.

36 このような状況を生んだ原因の一つとして考えられることは、Lionel Trillingに代表されるハウェルズに対する否定的な見方である。彼は "William Dean Howells and the Roots of Modern Taste" (1951) の中で、「ハウェルズに対する関心の再来は期待できない」と述べて、次のように論断している。"... he devoted himself to a literary career not so much out of disinterested love for literature as out of the sense that literature was an institutional activity by which he might make something of himself in the worldly way." (*The Opposing Self* (New York: Harcourt Brace Jovanovich, 1978), pp.68, 69.)

37 注32参照。

38 *Nineteenth Century Fiction*, XV (Dec. 1960), 262.

39 *American Literature*, 48 (Jan. 1976), 552-571. ロングのエッセイは一九九三年刊の *On Howells: The Best from American Literature*, ed. Edwin H. Cady and Louis J. Budd (Duke Univ. Pr.) に収録されている。

40 *Ibid.*, p.558.

41 *American Realism: New Essays*, ed. Eric J. Sundquist (Baltimore: The Johns Hopkins Univ. Pr., 1982), pp.25-41. Harold H. Kolb. Jr. は、ハウエルズの *A Modern Instance* に及ぼしたホーソーンの影響について論じたブロッドヘッドのエッセイを、この評論集の中の "the most interesting essays" の一つに挙げている（*AL*, 56 (March 1984), 116)。

42 *The School of Hawthorne* (New York: Oxford Univ. Pr., 1986), pp.81-103.

43 *Ibid.*, p.91.

44 *Ibid.*, pp.92-93.

45 *Ibid.*, p.95.

46 *Ibid.*, pp.102-103.

47 *My Literary Passions*, pp.186-187.

48 William Dean Howells, *Literary Friends and Acquaintance* (1900) (Bloomington: Indiana Univ. Pr., 1968), p.51.

49 祖父の姿は、『偶然知り合ったひと』におけるヒロイン・キティの、奴隷制廃止論者であるおじの姿に再現されている。

50 *Literary Friends and Acquaintance*, p.47.

51 *Ibid.*, p.51.

52 *My Literary Passions*, p.188.

53 *The World of Chance* (New York: Harper and Brothers, 1893), p.86.

54 *W. D. Howells as Critic*, p.268.

55 Appeared in *Munsey's* (Apr. 1897).

56 *W. D. Howells as Critic*, p.275.

57 *Heroines of Fiction*, (New York: Harper and Brothers, 1903), I, 162.

58 *Ibid.*

59 *Ibid.*, 164.

60 *Ibid.*, 167.

61 *Ibid.*, 175.

62 See *Ibid.*, 176.

63 *Ibid.*, 177.

64 See *Ibid.*, 178.

65 *Ibid.*, 179.

66 *Ibid.*, 189.

67 *Ibid.*, 176.

68 ハウエルズ自身、七〇年代の小説において、誇り高い理想主義者であるアメリカの女性を創造している。最も代表的な例として『偶然知り合ったひと』のキティ・エリスンを挙げることができる。

69 *The School of Hawthorne*, p.105.

70 *Ibid.*, p.83.

71 *Ibid.*, p.103.

72 Long, *op. cit.*, p.554. ブロッドヘッドも著書の注において次のように付け加えることを忘れてはいない。"Hawthorne's influence on Howells...does not end with *A Modern Instance*. While it is not visibly present in the major novels of the 1880s, it appears strongly in some of Howells's later stories, such as "The Shadow of a Dream" and "A Difficult Case."（*The School of Hawthorne*, p.234.）注32に挙げたElaine Hedgesの"Howells on a Hawthoenesque Theme"は"The Shadow of a Dream"の場合を論じたものである。

73 最近、ハウエルズ初期の作品に光があてられるようになったのは新しい傾向である。それらを集めたものとして第一章でも言及した*The Early Prose Writings of William Dean Howells: 1853-1861*, ed.

Thomas Wortham (Athens: Ohio Univ. Pr., 1990) および *Selected Short Stories of William Dean Howells*, ed. Ruth Bardon (Athens, Ohio: Ohio Univ.Pr., 1997) がある。

第六章

1 第四章注36参照。

2 *Life in Letters*, I, 335.

3 *Life in Letters*, I, 338.

4 See Letter to Clemens (Jan. 20, 1882), *Selected Mark Twain-Howells Letters,* ed. Frederick Anderson, William M. Gibson & Henry Nash Smith (New York: Atheneum, 1968), p.83; Letter to John Hay (Mar. 18, 1882), *Life in Letters*, I, 310.

5 To Clemens (Apr. 22, 1883), *Life in Letters*, I, 340.

6 第二章参照。

7 *Life in Letters*, I, 340.

8 *Selected Letters of W. D. Howells, Vol. 3: 1882-1891,* ed. Robert C. Leitz III, with Richard H. Ballinger & Christoph K. Lohmann (Boston: Twayne, 1980), p.86.

9 Letter to S. L. Clemens (Aug. 9, 1885), *Life in Letters*, I, 371.

10 この言葉はハーヴァード大学所蔵のハウエルズのノートブックに書き記されている (Quoted in Edwin H. Cady, *The Road to Ralism*, p.227.)。

11 William Dean Howells, *Indian Summer* (Bloomington: Indiana Univ. Pr., 1971), p.235.

12 馬車の事故はプロットの転換点としてハウエルズが用いることがある。この事故で負傷したコールヴィルがミセス・ボウエンの看護を受けることになり、事態は結末へと進む。このほか *A Modern Instance* にも例がある。

13 *Indian Summer*, p.278.

14 *Ibid.*, pp.240-242.

15 *Ibid.*, p.128.

16 Edwin H. Cady, *op. cit.*, p.224.

17 To Waitman Barbe (Mar. 17, 1900), *Selected Letters of W. D. Howells, Vol. 4: 1892-1901*, ed. Thomas Wortham, Christiph K. Lohmann & David J. Nordloh (Boston: Twayne, 1981), p.231.

18 *Selected Letters of W. D. Howells, Vol. 3: 1882-1891*, pp.135-136.

19 Scott Bennett, Introduction in *Indian Summer*, p.xxxiv.

20 一八八一年、『現代の事例』執筆による神経の衰弱に悩んだハウエルズは、『サイラス・ラパムの向上』の執筆中にも「同じ悩みに見舞われたらしい」とジョン・W・クラウリィはハウエルズの書簡から例を挙げてこの間の経緯を詳述している。（*The Black Heart's Truth*, pp.150-151）。

21 *Life in Letters*, I, 417.

22 *Selected Letters of W.D. Howells, Vol.4: 1892-1901*, p. 168.

23 W.D. Howells, "*The Shadow of a Dream,*" *The Shadow of a Dream and An Imperative Duty* (Bloomington: Indiana Univ. Pr., 1970), p.112.

24 ハウエルズが人間の意識の暗黒の部分に探りを入れようとした作品を Martha Banta は "occult fiction" と呼ぶ（"*Introduction to The Shadow of a Dream,*" *The Shadow of a Dream and An Imperative Duty*, p. xii）。ハウエルズが初めて意識の世界の問題に取り組んだ作品と言われている『未発見の国』（一八八〇）および『夢の影』以後、この種の作品は数多く書かれている（*Ibid.*, p.xx, n.17）。しかしまたこの系譜に属する作品はハウエルズのごく初期においても書かれていた。マーサ・バンタは第一章で言及した「ジェフリー・ウインター」と「ゴースト・メイカー」（"The Ghost-Maker"）をそういうものとして挙げている（*Ibid.*, p.xii）。このことは意識の世界に対するハウエルズの関心が早くからあったことを示している。

25 W.D. Howells, "A Dream", p.146.

26 Quoted in Martha Banta, "Introduction to *The Shadow of a Dream*," p.xi.

27 W.D. Howells, *The Shadow of a Dream*, pp.113-14.

28 *Ibid.*, pp.111-12.

29 *Ibid.*, pp.114-15.

30 *Ibid.*, p.114.

31 "I'm writing a queer thing that I call The Shadow of a Dream." (To W.C. Howells (Nov. 24, 1889), *Selected Letters of W.D. Howells, Vol.3: 1882-1891*), p.263.

32 アネスコはこの作品について、批評家がこの作品に目を向ける時は、ヘンリー・ジェイムズが指摘したハウエルズの悪の認識の希薄さをこの作品によって認めようとする、と述べている（二〇〇頁）。（ジェイムズの指摘については *The American Essays of Henry James*, p.152 参照。）

33 To W. C. Howells (Dec. 15, 1889), *Selected Letters of W. D. Howells, Vol. 3: 1882-1891*, p.263, n.4.

34 Michael Anesko, *Letters, Fictions, Lives*, p.216. n.27.

35 *Life in Letters*, II, 52.

36 See *Selected Letters of W.D. Howells, Vol.4: 1892-1901*, p.69, n.1; p.70, n.1.

37 *Life in Letters*, II, 52.　ホイッスラーの園遊会への言及はこのほかに一回あるだけである。一八九四年七月一六日付のハウエルズからの手紙に夫人が付した追伸である。この手紙を彼女はパリのミルドレッドへ回送した。その追伸には「ミセス・ホイッスラーがジョニー・ハウエルズと名前を呼んでくれたと思うととても楽しい」とある。（See *Selected Letters of W.D. Howells, Vol.4: 1892-1901,* p.71, n.3.）

38 Henry James, *The Complete Notebooks of Henry James*, ed. Leon Edel and Lyall H. Powers（New York: Oxford Univ. Pr., 1987）, p.141.

39 To Oliver W. Howells（Apr. 3, 1894）, *Selected Letters of W.D. Howells, Vol.4: 1892-1901,* p.64.

40 To William Cooper Howells（Apr. 1, 1894）, *Selected Letters of W.D. Howells, Vol.4: 1892-1901,* p.63.

41 *The Complete Notebooks of Henry James,* p.141.

42 *Ibid.*

43 *Henry James Letters,* IV, 199.

44 To W.D. Howells（Jan. 8, 1903）, Michael Anesko, *op. cit.*, pp.381-382.

45 *The Art of the Novel*, p.309.

46 *Ibid.*, p.310.

47 Henry James, *The Ambassadors* (New York: Charles Scribner's Sons, 1937), I, 220.

48 *Ibid.*, I, 217.

49 See Viola Hopkins Winner, *Henry James and the Visual Arts* (Charlotteville: The Univ. Pr. of Virginia, 1970), Plate XII. この作品は「セーヌのほとりの魚釣り」と題する、ボストン美術館所蔵の作品である。画面の右半分には、空間が大きく広がっている。『使者たち』でこの絵画がストレザーの「危機的場面」で用いられていることの指摘は John L. Sweeney によってもなされている (*Henry James: The Painter's Eye*, pp.28-29)。

50 *The Ambassadors*, II, 257. 初期の短編 "Madame de Mauves" には、モーヴ夫人にひそかに想いを寄せるアメリカの青年ロングモアが、パリ郊外の森の近くの小川のほとりで若いフランス人画家とその恋人との束の間の触れ合いからフランス流の生き方に目を開かれる場面がある。のちにロングモアの夢に現れた小川に浮かぶ船の漕ぎ手はモーヴ氏で、青年はモーヴ夫人との仲を引き裂かれてしまう。ストレザーの目に入ってきた光景を予示するものとして興味深いが、両者を比較すると後期の作品における極立った処理の仕方が一層光っている。

51 *The Complete Notebooks of Henry James*, p.142.

あとがき

ウィリアム・ディーン・ハウエルズは、文学史に占める位置に見合う評価の対象とされてこなかった作家の一人である。筆者がこの作家に関心を抱き始めたきっかけは、長い間取り組んできたヘンリー・ジェイムズとかかわりのある作家であったことである。また、アメリカとヨーロッパの関係を見ていく過程で、アメリカの旅行者による各種のヨーロッパ見聞録に関心が芽生え、その史的展開を追っていくうちに、リアリズム作家ハウエルズの『ヴェニスの生活』のとりこになったのである。一九七〇年代前半のことである。

当時、ハウエルズの作品を国内で手に入れることはきわめて困難であった。しかし、事情はアメリカにおいてもあまり変りがなかった。一九七六年から七七年にかけてイェール大学で研修する機会に恵まれた際に、作品を集めることにしたのである。入手できたものはほとんどが古書であった。古書店の店主がアメリカ各地を歩き回って探してきたものである。大学図書館のコピー・サーヴィスで一巻全部を複写してもらったものもある。それから三十年近くを経た今日、ハウエルズのフィクション、評論、そして書簡を含む作品選集の刊行、およびこれまで刊行されずにきた初期の小品集および短編選集の出版が実現したこと、そして何よりも、ハウエルズとジェイムズの間で交わされた書簡のすべてがペンシルヴァニア州立大学準教授マイケル・アネスコの手により正確な形で一本にまとめられたことは、この作家の基礎研究の環境が漸く整ってきたことの証として歓迎される。

本書の構成は、ハウエルズという作家をひろく知ってもらいたいとの念いから、縦糸としてハウエルズの作家としての歩みを宛てることにした。序論と第三章第二節および第六章第三節は本書のために新たに書き加えたものである。これらを除く各章は、これまで折あるごとに発表してきた論文をもとにまとめたものである。

第一章および第六章第二節

「"A Dream"—William Dean Howells における一つの転機」『学習院大学文学部研究年報』第二九輯　一九八二年

第二章

「William Dean Howells とアメリカの風景—*Venetian Life* から *Suburban Sketches* へ」『学習院大学文学部研究年報』第二六輯　一九七九年

第三章第一節
「シャーロット・エヴァンズとキティ・エリスン―ヘンリー・ジェイムズの初期の国際テーマの展開とウィリアム・ディーン・ハウエルズ」　『学習院大学文学部研究年報』第四七輯　二〇〇〇年
第四章第一・第三節および第六章第一節
「自己認識への道程―ウィリアム・ディーン・ハウエルズの国際小説」　『学習院大学文学部研究年報』第四八輯　二〇〇一年
第四章第二節
「William Dean Howells に於ける複合視点―*A Foregone Conclusion* の場合」　『学習院大学文学部研究年報』第二四輯　一九七七年
第五章第一節
「ホーソーン、ジェイムズ、そしてハウエルズ―ジェイムズの『ホーソーン伝』をめぐって」　『学習院大学文学部研究年報』第四五輯　一九九八年
第五章第二節
「ハウエルズとホーソーン」　『学習院大学文学部研究年報』第三九輯　一九九二年

ハウエルズとジェイムズの半世紀に亙る交流の中で取り上げるべき問題はほかにも多々あることは言うまでもない。本書のテーマとは離れるので触れずに終ったが、書評家の評価に刺戟されたジェイムズが、ハウエルズに挑戦する目的で書いたと言われる『ボストンの人びと』を巡る問題は、二人の作家の関係が決して一面的なものでなかったことを示す例の一つである。両者の相互交流の追跡は、さまざまな要因が、もつれた網のように二人に絡みついているために、そのもつれをほどいて実体を摑む作業はかなりの集中力を要することであった。

一九七六年の秋に筆者は二人の作家が共に葬られているボストン郊外のケンブリッジ霊園を訪れた。園内のゆるやかな坂を登り切った一番奥まった区域に両家の墓所は隣り合ってあった。三メートルほどの間隔を置いて並んでいる両者の墓の位置は親密な間柄と同時に二人の違いをも表わしているように思えたことである。

ハウエルズの数多い長編小説に本格的に取り組み始めたのは一九七六年二月からの一年余りに亙る在外研修の時期のことであった。国外研修の許可を与えて頂いた学習院大学当局に改めて御礼を申し上げる。そして本書の刊行は、平成十五年度学習院大学研究成果刊行助成金の交付を認められたことにより可能となった。選定にあたって頂いた学習院大学研究叢書刊行委員会の委員各氏に心からの謝意を表したい。

このささやかな研究が書物の形でまとめられるまでには多くの方々から貴重な御助言と御協力を頂いた。とりわけ、ハウエルズ研究を形にすることを早くから勧め励まして下さった日本女子大学名誉教授師岡愛子先生、東京大学名誉教授行方昭夫先生に厚く御礼申し上げたい。また、この間、終始温かい目で見守って下さった学習院大学文学部英米文学科の同僚各氏に心からの感謝を捧げたい。また、出版の手はずを整えて下さった同僚の矢作三蔵氏に改めて厚く御礼申し上げる。

またアメリカ滞在中に整えられなかった資料の複写に手を貸して頂いた米国在住の金子榮子氏（前イェール大学図書館東アジア部長金子英生氏夫人）、文献複写をお手伝い下さった学習院大学図書館運用課のスタッフの皆様、手書きの原稿を打ち込む労をとって下さった高橋有紀さんご姉妹、水越仁美さん、そしてこの作業を統べて下さった学習院大学英米文学科助手奥村直史氏に厚く御礼申し上げる。

最後に本書の出版を御快諾下さった開文社出版社長安居洋一氏の御厚情を深謝申し上げる。

平成十六年二月　春立つ日

武田千枝子

Howells

ダルを贈られる。

1916 *The Leatherwood God, Years of My Youth* 出版。

1920 5月1日ニューヨーク市で死去。未完の“The American Henry James”が絶筆となる。

James

月，一連の発作に見舞われる。

1916 1月メリット勲章授与される。2月28日チェルシーで死去。

	Howells		James
	博士号授与される。*The Son of Royal Langbrith* 出版。		20年ぶりの米国訪問。
		1905	米国各地を訪れて，8月ラム・ハウスに帰着。
		1906	スクリブナー社の選集用序文執筆と作品の改訂の仕事に従事。
1907	*Through the Eye of the Needle* 出版。	1907	*The American Scene* 出版。12月ニューヨーク版選集の刊行始まる
1908	アメリカ文芸協会初代会長に選出される。	1908	再び戯曲執筆。
		1909	*Italian Hours* 出版。健康を害する。
1910	マーク・トウェインの死。ミセス・ハウエルズの死。*My Mark Twain* 執筆。	1910	兄ウィリアムとドイツで病を養う。共に帰米。8月ウィリアムの死。
		1911	ハーヴァード大学より名誉学位を受ける。
1912	75才の誕生祝賀晩餐会(ニューヨーク)。	1912	オックスフォード大学より博士号を受ける。
		1913	古希に当り，友人たちがJohn Singer Sergentの描く肖像画を贈る。自叙伝 *A Small Boy and Others* 出版。
		1914	第一次大戦勃発。傷病兵慰問その他奉仕活動に従事。*Notes of a Son and Brother* 出版。
1915	文芸協会より小説部門金メ	1915	7月，イギリスに帰化。12

年	Howells	年	James
	版。		*Other Tales* 出版。
1894	パリの息子を訪問。ホイッスラーの庭園での園遊会。父の死。*A Traveler from Altruria* 出版。	1894	*Theatricals* （2巻）出版。
1895	*My Literary Passions* 出版。*Harper's Weekly* に定期的に寄稿開始。	1895	1月 *Guy Domville* 上演されるが不成功に終わる。
1897	ドイツ旅行。帰途にロンドンでヘンリー・ジェイムズと会う。	1897	*The Spoils of Poynton*, *What Maisie Knew* 出版。
1898	*Literature* に寄稿開始。(1899年11月まで)	1898	ラム・ハウスに住み始める。*The Turn of the Screw*, *In the Cage* 出版。
1899	*Their Silver Wedding Journey* 出版。	1899	*The Awkward Age* 出版。
1900	*Literary Friends and Acquaintance* 出版。*Harper's Monthly* の "Editor's Easy Chair" に執筆開始。		
1901	評論集 *Heroines of Fiction* 出版。	1901	*The Sacred Fount* 出版。
1902	*The Kentons* 出版。	1902	*The Wings of the Dove* 出版。
		1903	*The Ambassadors*, *William Wetmore Story and His Friends* 出版。
1904	オックスフォード大学より	1904	*The Golden Bowl* 出版。

	Howells		James
1883	ヨーロッパから帰国。*A Woman's Reason* 発表。	1883	帰英。
1885	*The Rise of Silas Lapham* 出版。	1885	病気の妹アリスがイギリスに来て一緒に住む。ロバート・ルイ・スティーヴンスンとの交友始まる。
1886	シカゴ・ヘイ・マーケット事件。*Harper and Brothers* 社と契約。*Indian Summer* 出版。	1886	*The Bostonians, The Princess Casamassima* 出版。
1887	シカゴの事件の無政府主義者たちの減刑嘆願の手紙を The New York *Tribune* に掲載。	1887	冬をフローレンスとヴェニスで過ごす。
1888	一家でニューヨーク市へ移り住む。	1888	*The Reverberator, The Aspern Papers* 出版。
1889	ウイニフレッドの死。ボストンへ戻る。	1889	*A London Life* 出版。
1890	*A Hazard of New Fortunes, The Shadow of a Dream, A Boy's Town* 出版。	1890	*The Tragic Muse* 出版。戯曲の執筆を始める。
1891	評論集 *Criticism and Fiction* 出版。再びニューヨーク市へ移る。	1891	戯曲 *The American* 上演。
1892	ハーパーズ社との契約破棄。The *Cosmopolitan* の共同編集者となる。	1892	*The Lesson of the Master* 出版。妹アリスの死。
1893	*The World of Chance* 出	1893	*The Real Thing and*

年	Howells	年	James
1876	ヘイズの大統領選挙用伝記執筆。	1876	The New York *Tribune* のパリ通信員となる。ツルゲーネフ，フロベール，ゴンクール兄弟，モーパッサン，ドーデ，ゾラらと知り合う。12月にはロンドンへ移る。
1877	笑劇執筆・発表。	1877	*The American* 出版。
		1878	評論集 *French Poets and Novelists,* "Daisy Miller," *The Europeans* 連載開始。
1879	*The Lady of the Aroostook* 出版。	1879	"Daisy Miller" により大西洋の両岸で注目を浴びる。評伝 *Hawthorne* 出版。
1880	*The Undiscovered Country* 出版。	1880	イタリアを旅する。*Washington Square* 出版。*The Portrait of a Lady* 連載始まる。
1881	The *Atlantic Monthly* の編集主幹を辞す。*A Modern Instance* の執筆により神経疲労に陥る。*A Fearful Responsibility and Other Stories* 出版。	1881	*The Portrait of a Lady* 出版。10月帰米。
1882	家族を伴ってヨーロッパを旅する。*A Modern Instance* 出版。ジョンズ・ホプキンス大学より教授として招かれるが辞退。	1882	2月，母の死。5月，帰英。12月，父の死。一時帰米。

Howells	James
頃，ヘンリー・ジェイムズと知り合う。*Venetian Life* 出版。	
1867 *Italian Journeys* 出版。	
1868 長男 John 誕生。	
1869-1871 ハーヴァード大学で現代イタリア文学について講義をする。	1869 ヨーロッパへ初めての一人旅に出る―イギリス，フランス，スイス，イタリア。
	1870 従妹 Minny Temple の死の知らせをロンドンで受ける。5 月にケンブリッジへ帰る。
1871 The *Atlantic Monthly* の編集主幹に就任。*Suburban Sketches* 出版。	1871 最初の小説 *Watch and Ward* が，The *Atlantic Monthly* に連載される。
1872 *Their Wedding Journey* 出版。次女 Mildred 誕生。	1872-1874 妹 Alice，おば Catherine Walsh と共にヨーロッパを旅する。パリー，ローマ，フローレンスに住み，それらの土地で生活しているアメリカ人と交わる。
1873 *A Chance Acquaintance* 出版。	
	1874-1875 ニューヨーク市で冬を過ごし，諸雑誌にエッセイを寄せる。
1875 *A Foregone Conclusion* 出版。	1875 11 月パリに落ち着く。*A Passionate Pilgrim and Other Tales*(最初の短編集)，*Transatlantic Sketches*, *Roderick Hudson* 出版。

Howells

刊行。リンカーンの選挙用伝記を執筆する。James Russell Lowell によって詩の作品が The *Atlantic Monthly* に掲載される。

1861 南北戦争勃発。ヴェニス駐在の領事に任命される。

1862 パリでヴァーモント州出身の Elinor Gertrude Mead と結婚。

1863 The Boston *Advertiser* にヴェニス便りを執筆開始。長女 Winifred 誕生。

1864 The *North American Review* への寄稿開始。

1865 帰国後，ニューヨーク市でジャーナリズムの仕事に従事。The *Nation* のスタッフの一員となる。

1866 The *Atlantic Monthly* の副主幹となり，ケンブリッジに移り住む。夏を過ぎた

James

始まる。ミュッセの『ロレンザッチョ』，メリメの『イルのヴィーナス』を翻訳。

1861 南北戦争勃発。弟二人は従軍。ニューポートの村の火災現場で消火活動中に負傷。

1862-1863 一時，ハーヴァード・ロー・スクールに通う。

1864 一家でボストンへ移る。Charles Eliot Norton の The *North American Review* に書評を書く。最初の短編 “A Tragedy of Error” が The *Continental Monthly* に載る。

1865 “The Story of a Year” が The *Atlantic Monthly* に掲載される。The *Nation* に書評を書き始める。

1866 一家はケンブリッジに移り住む。夏を過ぎた頃，ハウエルズと知り合う。

年　譜

William Dean Howells

1837　3月1日，Ohio州Martin's Ferryに生まれる。

1846　父の印刷所で活字を組む仕事を始める。

1851　The *Ohio State Journal*の植字工となる。

1855　オハイオ州の地方紙数誌に寄稿。

1857　オハイオ州コロンバスに住む。The *Cincinnati Gazatte*の通信員となる。

1858　『オハイオ・ステート・ジャーナル』の記者となる。

1860　John James Piattとの共著 *Poems of Two Friends*

Henry James

1843　4月15日，New York市Washington Placeに生まれる。

1843-1845　生後6ヶ月で両親に伴われてヨーロッパへ渡り，ロンドン及びパリで暮らす。

1845-1855　帰国。ニューヨーク市およびオールバニィ市で暮らす。家庭教師について学ぶ。

1855-1858　一家でヨーロッパへ。スイス，イギリス，フランスで暮らす。家庭教師について学ぶ。また各種の学校へ通う。

1858-1859　帰国。ニューポートに住む。Thomas Sergeant Perryと親交を結ぶ。

1859　一家は再びヨーロッパへ。ジュネーヴおよびボンで学ぶ。

1860　秋，ニューポートに帰着。John La Fargeとの交友

Long, Robert Emmet. “Transmutations: *The Blithedale Romance* to Howells and James,” *American Literature* 47 (January 1976), 552-571.

Lowell, James Russell. “Review of *Suburban Sketches*, The *North American Review*, CXII (January 1871), 236-237.

Mathews, James W. “The Heroines of Hawthorne and Howells,” *Tennessee Studies in Literature*, VII (1962), 37-46.

Perkins, George. “Howells and Hawthorne,” *Nineteenth Century Fiction,* XV (December 1960), 259-262.

Tanner, Tony. “Introduction,” *Indian Summer*. Oxford: Oxford University Press, 1988.

Wegelin, Christof. “The Rise of the International Novel,” *PMLA*, LXXVII (June 1962), 305-310.

V, 2.

Brodhead, Richard H. "Howells: Literary History and the Realist Vocation," *American Realism: New Essays*. Edited by Eric J. Sundquist. Baltimore: The Johns Hopkins University Press, 1982.

———. "Literature and Culture," *Columbia Literary History of the United States*. Edited by Emory Elliot (gen. ed.). New York: Columbia University Pr., 1988.

Cargill, Oscar. "Henry James's 'Moral Policeman': William Dean Howells," *American Literature*, 29 (January 1958), 371-398.

———. "The First International Novel," *PMLA*, LXXIII (September 1958), 418-425.

Crowley, John W. "An Interoceanic Episode: *The Lady of the Aroostook*" (1977), *On Howells: The Best from American Literature*. Edited by Edwin H. Cady and Louis J. Budd. Durham: Duke University Press, 1993.

Curtis, George W. "Review of *Venetian Life*," *Harper's Monthly*, XXXIII (October 1866), 668.

Falk, Robert. "The Rise of Realism, 1871-91," *Transitions in American Literary History*. Edited by H. H. Clark. Durham: Duke University Press, 1953.

Hedges, Elaine R. "Howells on a Hawthornesque Theme," *Texas Studies in Literature and Language*, III (Spring 1961), 129-143.

Higginson, Thomas Wentworth. "Howells" (1879), *Howells: A Century of Criticism*. Edited by Kenneth E. Eble. Dallas: Southern Methodist University Press, 1962.

Kar, Annette. "Archetypes of American Innocence: Lydia Blood and Daisy Miller," *American Quaterly*, V (Spring 1953), 31-38.

Boston: Twayne, 1980.
Story, William Wetmore. *Roba di Roma* (1862). London: Chapman and Hall, 1871.
Trilling, Lionel. "William Dean Howells and the Roots of Modern Taste," *The Opposing Self*. New York: Harcourt Brace Jovanovich, 1978.
Twain, Mark. *The Innocents Abroad* (1869). New York: Harper and Brothers, 1911.
Willis, Nathaniel Parker. *People I Have Met; Pictures of Society and People of Mark* (1856). Auburn: Alden and Beardsley, 1856.
———. *Paul Fane* (1857). New York: C. Scribner, 1857.
Winner, Viola Hopkins. *Henry James and the Visual Arts*. Charlotteville: The University Press of Virginia, 1970.
Woolf, Virginia. "Mr. Bennett and Mrs. Brown" (1924), *The Captain's Death Bed and Other Essays*. London: The Hogarth Press, 1950.
———. "An Unwritten Novel," *A Haunted House and Other Short Stories* (1944). London: The Hogarth Press, 1962.
Wright, Nathalia. *American Novelists in Italy*. Philadelphia: University of Pennsylvania Press, 1965.

B. Articles

Anonymous. "Review of *Venetian Life*," The *Contemporary Review*, IV (August 1866), 594-595.
Anonymous. "Review of *Venetian Life*," The *Round Table*, IV (September 8, 1866), 90.
Atherton, Gertrude. "Gertrude Atherton Assails 'The Powers'. . . ," *The New York Times* (December 29, 1907),

———. *The French and Italian Notebooks.* Edited by Thomas Woodson. Columbus: Ohio State University Press, 1980.

———. "*The Marble Faun*" (1860), *The Complete Novels and Selected Tales of Nathaniel Hawthorne.* Edited, with an Introduction, by Norman Holmes Pearson. New York: The Modern Library, n.d.

Hillard, George Stillman. *Six Months in Italy* (1853). Boston: Ticknor and Fields, 1865.

Hurt, James D. *The Popular Book: A History of America's Literary Taste.* Berkeley: University of California Press, 1963.

Kaplan, Fred. *Henry James: The Imagination of Genius.* New York: William Morrow, 1991.

Kelley, Cornelia P. *The Early Development of Henry James.* Urbana: University of Illinois Press, 1965.

Lowell, James Russell. *Letters of James Russell Lowell.* Vol. II. Edited by Charles Eliot Norton. New York: AMS Press, 1977.

Lynn, Kenneth S. *William Dean Howells: An American Life.* New York: Harcourt Brace Jovanovich, 1975.

Matthiessen, F. O. *The James Family.* New York: Alfred A. Knopf, 1961.

Norton, Charles Eliot. *Notes of Travel and Study in Italy* (1860). Boston: Ticknor and Fields, 1860.

Novick, Sheldon N. *Henry James: The Young Master.* New York: Random House, 1996.

Sedgwick, Ellery. *A History of the Atlantic Monthly, 1857-1909: Yankee Humanism at High Tide and Ebb.* Amherst: University of Massachusetts Press, 1994.

Smith, Harbert F. *The Popular American Novel, 1865-1920.*

Dean Howells, 1885-1920. Syracuse: Syracuse University Press, 1958.

———. *Light of Common Day: Realism in American Fiction* . Bloomington: Indiana University Press, 1971.

Carrington, George C, Jr. *The Immense Complex Drama: The World and Art of the Howells Novels*. Columbus: Ohio State University Press, 1966.

Cooper, James Fenimore. *The Bravo* (1831). New Haven: College and University Press, 1963.

Crowley, John W. *The Black Heart's Truth*. Chapel Hill: The University of North Carolina Press, 1985.

Earnest, Ernest. *Expatriates and Patriots: American Artists, Scholars, and Writers in Europe*. Durham: Duke University Press, 1968.

Edel, Leon. *The Untried Years, 1843-1870*. London: Rupert Hart-Davis, 1953.

Fryckstedt, Olov V. *In Quest of America: A Study of Howells' Early Development as a Novelist*. Cambridge, Mass.: Harvard University Press, 1958.

Hawthorne, Nathaniel. *"The Scarlet Letter" (1850), The Complete Novels and Selected Tales of Nathaniel Hawthorne*. Edited, with an Introduction, by Norman Holmes Pearson. New York: The Modern Library, n.d.

———. "*The House of the Seven Gables*" (1851), *The Complete Novels and Selected Tales of Nathaniel Hawthorne*. Edited, with an Introduction, by Norman Holmes Pearson. New York: The Modern Library, n.d.

———. "*The Blithedale Romance*" (1852), *The Complete Novels and Selected Tales of Nathaniel Hawthorne*. Edited, with an Introduction, by Norman Holmes Pearson. New York: The Modern Library, n.d.

Metuchen: The Scare Crow Press, 1973.

Eichelberger, Clayton L. *William Dean Hawells: A Research Bibliography*. Boston: G. K. Hall, 1976.

Edel, Leon and Dan H. Laurence. *A Bibliography of Henry James*. Winchester: St Paul's Bibliographies, 1982. 3rd. ed.

<Secondary sources>

A. Books

Allen, Gay Wilson. *William James*. New York: Viking, 1967.

Allen, Walter. *Transatlantic Crossing: American Visitors to Britain and British Visitors to America in the Nineteenth Century*. Selected and with an Introduction by Walter Allen. London: Heinemann, 1971.

Anesko, Michael. *Letters, Fictions, Lives: Henry James and William Dean Howells*. New York: Oxford University Press, 1997.

Baker, Paul R. *The Fortunate Pilgrims: Americans in Italy, 1800-1860*. Cambridge, Mass.: Harvard University Press, 1964.

Bewley, Marius. *The Complex Fate*. London: Chatto and Windus, 1952.

Brodhead, Richard H. *The School of Hawthorne*. New York: Oxford University Press, 1986.

Cady, Edwin H. *The Road to Realism: The Early Years of William Dean Howells, 1837-1885*. Syracuse: Syracuse University Press, 1956.

———. *The Realist at War: The Mature Years of William*

———. *The Ambassadors* (1903). New York: Charles Scribner's Sons, 1937.

———. "Mr. and Mrs. Fields" (1915), *The American Essays of Henry James.* Edited by Leon Edel. New York: Vintage Books, 1956.

———. *The Art of the Novel: Critical Prefaces by Henry James.* Edited by Richard P. Blackmur. New York: Charles Scribner's Sons, 1934.

———. *Autobiography.* Edited by F. W. Dupee. New York: Criterion Books, 1956.

———. *The Art of Travel by Henry James.* Edited by Morton Dauwen Zabel. New York: Anchor Books, 1962.

———. *The Letters of Henry James* (1920). 2 vols. Edited by Percy Lubbock. New York: Octagon Books, 1970.

———. *Henry James Letters.* 4 vols. Edited by Leon Edel. Cambridge, Mass.: Harvard University Press, 1974-1984.

———. *The Complete Notebooks of Henry James.* Edited by Leon Edel and Lyall H. Powers. New York: Oxford University Press, 1987.

———. *The Painter's Eye: Notes* and Essays on the Pictorial Arts. Selected and Edited with an Introduction by John L. Sweeney. Madison: The University of Wisconsin Press, 1989.

<Bibliographies>

Beebe, Maurice. "Criticism of William Dean Howells: A Selected Checklist." *Modern Fiction Studies,* XVI (Autumn 1970), 395-419.

Brenni, Vito J. *William Dean Howells: A Bibliography.*

———. "Howells's *A Foregone Conclusion*" (January 1875), *Literary Reviews and Essays by Henry James.* Edited by Albert Mordell. New Heaven: College and University Press, 1957.

———. "Daisy Miller" (1878), *Daisy Miller, Pandora, The Patagonia and Other Stories.* New York: Charles Scrib ner's Sons, 1937.

———. "Daisy Miller: A Study" (1878), *The Complete Tales of Henry James.* Vol. 4. Edited by Leon Edel. London: Rupert Hart-Davis, 1962.

———. *The Europeans* (1878). London: John Lehmann, 1952.

———. "An International Episode" (1878), *The Complete Tales of Henry James*, Vol. 4. Edited by Leon Edel. London: Rupert Hart-Davis, 1962.

———. *Hawthorne* (1879). Ithaca: Cornell University Press, 1956.

———. *Hawthorne by Henry James* (1879), with Introduction and Notes by Tony Tanner. London: Macmillian, 1967.

———. *The Portrait of a Lady* (1881). New York: Random House, 1951.

———. "William Dean Howells" (1886), *The American Essays of Henry James.* Edited by Leon Edel. New York: Vintage Books, 1956.

———. *The Bostonians* (1886). Edited, with an Introduction and Notes by Alfred Habegger. Indianapolis: Bobbs-Merill, 1976.

———. "Nathaniel Hawthorne" (1897), *The American Essays of Henry James.* Edited by Leon Edel. New York: Vintage Books, 1956.

1957.

———. "The Romance of Certain Old Clothes" (1868), *The Complete Tales of Henry James*, Vol. 1. Edited by Leon Edel. London: Rupert Hart-Davis, 1962.

———. "Gabrielle de Bergerac" (1869), *The Complete Tales of Henry James*, Vol. 2 Edited by Leon Edel. London: Rupert Hart-Davis, 1962.

———. "Saratoga" (1870), *Portraits of Places* (1883), Freeport: Books For Libraries Press, 1972.

———. "Travelling Companions" (1870), *The Complete Tales of Henry James*. Vol. 2 Edited by Leon Edel. London: Puret Hart-Davis, 1962.

———. "At Isella" (1871), *The Complete Tales of Henry James*, Vol. 2. Edited by Leon Edel. London: Rupert Hart-Davis, 1962.

———. "A Passionate Pilgrim" (1871), *The Complete Tales of Henry James*, Vol. 2. Edited by Leon Edel. London: Rupert Hart-Davis, 1962.

———. "Hawthorne's French and Italian Journals" (1872), *The American Essays of Henry James*. Edited by Leon Edel. New York: Vintage Books, 1956.

———. "The Madonna of the Future" (1873), *The Complete Tales of Henry James*, Vol. 3. Edited by Leon Edel. London: Rupert Hart-Davis, 1962.

———. "Madame de Mauves" (1874), *The Complete Tales of Henry James*, Vol. 3. Edited by Leon Edel. London: Rupert Hart-Davis, 1962.

———. "Howells's *A Foregone Conclusion*" (1875), *Literary Reviews and Essays by Henry James*. Edited by Albert Mordell. New Heaven: College and University Press, 1957.

———. *Selected Mark Twain-Howells Letters.* Edited by Frederick Anderson, William M. Gibson and Henry Nash Smith. New York: Atheneum, 1968.

———. *Years of My Youth and Three Essays.* Bloomington: Indiana University Press, 1975.

———. *Selected Letters of W. D. Howells, Vol. 1: 1852-1872.* Edited and Annotated by Robert C. Leitz III with Richard H. Ballinger and Christoph K. Lohmann. Boston: Twayne, 1979.

———. *Selected Letters of W. D. Howells, Vol. 3: 1882-1891.* Edited by Robert C. Leitz III, with Richard H. Ballinger and Christoph K. Lohmann. Boston: Twayne, 1980.

———. *Selected Letters of W. D. Howells, Vol. 4: 1892-1901.* Edited by Thomas Wortham, Christoph K. Lohmann and David J. Nordloh. Boston: Twayne, 1981.

———. *The Early Prose Writings of William Dean Howells: 1853-1861.* Edited by Thomas Wortham. Athens: Ohio University Press, 1990.

———. *William Dean Howells as Critic.* Edited by Edwin H. Cady. London: Routledge and Kegan Paul, 1993.

———. *W. D. Howells: Selected Literary Criticism.* Vol. I. Bloomington: Indiana University Press, 1993.

———. *Selected Short Stories of William Dean Howells.* Edited by Ruth Bardon. Athens: Ohio University Press, 1997.

James, Henry. "A Tragedy of Error" (1864), *The Complete Tales of Henry James,* Vol. 1. Edited by Leon Edel. London: Rupert Hart-Davis, 1962.

———. "*Review of Italian Journeys*" (1868), *Literary Reviews and Essays by Henry James.* Edited by Albert Mordell. New Heaven: College and University Press, and Row, n. d.

———. *Indian Summer* (1886). Bloomington: Indiana University Press, 1971.

———. "*The Shadow of a Dream*" (1890), *The Shadow of a Dream and An Imperative Duty.* Bloomington: Indiana University Press, 1970.

———. *The World of Chance* (1893). New York: Harper and Brothers, 1893.

———. *My Literary Passions* (1895). Syracuse,: Syracuse University Press, 1956.

———. *A Boy's Town* (1900). New York: Harper and Brothers, 1900.

———. *Literary Friends and Acquaintance* (1900). Edited by David F. Hiatt and Edwin H. Cady. Bloomington: Indiana University Press,1968.

———. *Heroines of Fiction* (1901). Vol. I. New York: Harper and Brothers, 1903.

———. "Mr. Henry James's Daisy Miller" (1902), *Discovery of a Genius.* Edited by Albert Mordell. New York: Twayne, 1961.

———. "The Turning Point of My Life," *Harper's Bazaar, XLIV* (March 1910), 165-166.

———. "The American Henry James," (1920), *Life in Letters,* II, 397-399; *Letters, Fictions, Lives: Henry James and William Dean Howells,* pp. 471-473.

———. *Criticism and Fiction and Other Essays.* Edited by Clara Marburg Kirk and Rudolph Kirk. New York: New York University Press, 1959.

———. *Discovery of a Genius: William Dean Howells and Henry James.* Compiled and Edited by Albert Mordell. New York: Twayne, 1961.

参考文献

<Primary sources>

Howells, Mildred, ed. *Life in Letters of William Dean Howells* (1928). 2 vols. New York: Russell and Russell, 1968.

Howells, William Dean. "A Dream," *Knickerbocker*, LVIII (August 1861), 146-150.

———. *Venetian Life* (1866). New York: AMS Press, 1971.

———. *Italian Journeys* (1867). Boston: Houghton Mifflin, 1901.

———. *Suburban Sketches* (1871). New York: Hurd and Houghton, 1871.

———. *Their Wedding Journey* (1872). Edited by John K. Reeves. Bloomington: Indiana University Press, 1968.

———. *A Chance Acquaintance* (1873). Bloomington: Indiana University Press, 1971.

———. *A Foregone Conclusion* (1875). Upper Saddle River: Gregg Press, 1970.

———. *The Lady of the Aroostook* (1879). Boston: Houghton Mifflin, 1886.

———. *The Undiscovered Country* (1880). Boston: Houghton, Mifflin, 1880.

———. "*A Fearful Responsibility*" (1881), *A Fearful Responsibility and Other Stories*. Westport: Greenwood, 1970.

———. *A Modern Instance* (1882). Edited with an Introduction and Notes by William M. Gibson. Boston: Houghton Mifflin, 1957.

———. *The Rise of Silas Lapham* (1885). New York: Harper

154, 165
ロングフェロー Longfellow,
Henry Wadsworth 4

98-99, 122
二重の視点（“double point of view”） 99
ビュウリー Bewley, Marius 152
フィールズ Fields, James T. 4, 5, 25
フィールズ夫妻 3, 4
複合視点 95-96, 99-100
フリクシュテット Fryckstedt, Olov W. 71-72, 75, 89
ブロッドヘッド Brodhead, Richard H. 154-156, 165
ヘイ Hay, John 118
ベネット Bennett, Scott 178
ペリー Perry, Thomas Sergeant 144, 169, 173
ホーソーン Hawthorne, Nathaniel 10, 69, 129, 131-134, 151-166, 184
『滞仏・伊日誌』*French and Italian Journals* 140, 142
『緋文字』*The Scarlet Letter* 156, 161
『ブライズデイル・ロマンス』*The Blithedale Romance* 60, 152, 154, 155, 158, 159-164
ホームズ Holmes, Oliver Wendell 4, 187
ポープ Pope, Alexander 30
ホイッスラー Whistler, James Abbott McNeil 185
ボイヤスン Boyesen, Hjalmar Hjorth 75
『北米評論』*North American Review* 16, 32, 105, 113, 188
ホランド Holland, Josiah Gilbert 7, 196, n15

マ行

メルヴィル Melville, Herman 153
モーデル Mordell, Albert 145

ラ行

ラウンズベリ Lounsbury, Thomas R. 177
ラスロップ Lathrop, George Parsons 131
ランビネ Lambinet, Émile Charles 192, 193, 232, n49
『リピンコット・マガジン』*Lippincott Magazine* 112
リン Lynn, Kenneth S. 18, 43
反ロマン主義的ロマンティシズム 43
ローエル Lowell, James Russell 16, 31, 32 36, 40, 158, 168, 201, n4
ロング Long, Robert Emmet

『イタリアの旅』*Italian Journeys* 31, 38, 151
『既定の結末』*A Foregone Conclusion* 11, 70, 88, 90, 93, 95, 97, 101-109, 110, 111, 112-114, 116, 117, 165, 176, 177
「ジェイムズの『ホーソーン』」"James's Hawthorne" 130, 145-147
『アルゥーストゥク号の婦人』*The Lady of the Aroostook* 70, 90, 93, 95
『文芸界の友人と知人』*Literary Friends and* Acquaintance 26, 118-123
『現代の事例』*A Modern Instance* 156, 167, 169, 177
『わが文学的情熱』*My Literary Passions* 157, 159, 160
「私の好きな小説家とその最高作品」"My Favorite Novelist and His Best Book" 160
「最近のイタリア喜劇」"Recent Italian Comedy" 16, 31
ホーソーンの『滞仏・伊日誌』書評 Review of *Hawthorne's French and Italian Journals* 149
『サイラス・ラパムの向上』*The Rise of Silas Lapham* 173
『ロイヤル・ランブリスの息子』*The Son of Royal Langbrith* 165
『夢の影』*The Shadow of a Dream* 165, 180-185
『ボストン郊外のスケッチ』*Suburban Sketches* 29, 32, 33, 38, 46-64, 73, 83, 100
『二人の新婚旅行』*Their Wedding Journey* 47, 69, 73, 74, 75, 82-95, 100, 109
『未発見の国』*The Undiscovered Country* 118, 119, 152, 154, 155
『ヴェニスの生活』*Venetian Life* 13, 14, 31, 33-46, 52, 99, 151
『女の分別』*A Woman's Reason* 118, 119
『偶然の世界』*The World of Chance* 159
バルザック Balzac, Honoré de 142
ヒギンスン Higginson, Thomas Wentworth

ケベックへの旅 73
アメリカ西部志向 122, 123, 127
パリのハウエルズ 185-187
ハウエルズ Howells, Annie 76
ハウエルズ Howells, Aurelia 180
ハウエルズ Howells, Elinor Gertrude Mead 73, 83, 231, n37
ハウエルズ Howells, Henry 178
ハウエルズ Howells, John 185, 231, n37
ハウエルズ Howells, Joseph 158, 225, n49
ハウエルズ Howells, Mary 19, 20, 23, 25
ハウエルズ Howells, Mildred 185
ハウエルズ Howells, Victoria 18, 122, 178, 209, n12
ハウエルズ Howells, William Cooper 10, 43, 74, 185, 187
ハウエルズ Howells, Winifred 167-168, 170, 178
「アメリカ人 ヘンリー・ジェイムズ」"The American Henry James" 11
『少年の町』*A Boy's Town* 22
『偶然知り合ったひと』*A Chance Acquaintance* 69, 72, 73, 74, 75, 82, 84-90, 98
『批評と虚構』*Criticism and Fiction* 2
ジェイムズの「デイジー・ミラー」評 145, 220, n22
「夢」"A Dream" 14, 15, 16, 17-24, 25, 26, 27, 181-182, 184
「正夢」"The dream" 20
『重い責任』*A Fearful Responsibility* 70, 93, 96, 123-127, 167
「ジェフリー・ウインター」"Geoffrey Winter" 14-15, 198, ns5, 15
『小説のヒロイン』*Heroines of Fiction* 154, 161
「無所属候補—現代の物語」"The Independent Candidate: A Story of To-day" 14
『小春日和』*Indian Summer* 93, 96, 127, 168-178, 188, 189

25, 27, 40, 68, 102, 131
ノートン Norton, Charles Eliot 33, 64, 105, 137
『イタリアの旅と研究の覚え書』 *Notes of Travel and Study in Italy* 34

ハ行

ハート Hart, James D 40
ハート Harte, Bret 8, 118
ハード Hurd, M.M. 202, n14, 203, n24, 209, n12
バードン Bardon, Ruth 15
パーキンズ Perkins, George 153
ハウエルズ Howells, William Dean 1-5, 6-11, 13, 14, 15, 17, 18, 20-23, 25-26, 27, 29, 65, 66, 67, 91, 93, 94, 98, 99, 109, 118, 129, 150, 158
『アシュタビュラ・センティナル』 *Ashtabula Sentinel* 14
『ニッカー・ボッカー』 Nickerbocker 14
『ボストン・アドヴァタイザー』 *Boston Advertiser* 16, 31
『オハイオ・ステート・ジャーナル』 *Ohio State Journal* 25, 30
『アトランティック・マンスリー』との関係 1, 3-4, 5, 8, 10, 16, 25-31, 47, 48-49
『ハーパーズ・マンスリー』との関係 1, 2, 190
『北米評論』との関係 1, 16
『ニューヨーク・ポスト』New York Post 25
ヘンリー・ジェイムズとの出会い 5
ヘンリー・ジェイムズとの交わり 6
ヘンリー・ジェイムズのハウエルズ評 3-4, 30, 143
ジェイムズ T. フィールズとの関係 5
セルヴァンテス Cervantes, Miguel de 14
『ドンキホーテ』 *Don Quihote* 14
恐怖に支配された少年時代 22-23
「暗黒の時代」 16, 179, 184
ヴェニス駐在アメリカ領事 10, 14, 16, 26, 69, 94
ジェファソン Jefferson, Ohio 18
ハミルトン Hamilton, Ohio 18, 22
マーティンズ・フェリー Martin's Ferry, Ohio 23

Corner" 139
「マダム・ドゥ・モーヴ」 "Madame de Mauves" 68, 232, n50
「未来のマドンナ」"The Maddonna of the Future" 9, 68, 141
『息子と弟としての覚え書』 *Notes of a Son and Brother* 131
「情熱の巡礼」"A Passionate Pilgrim" 46, 68
『ある婦人の肖像』*The Portrait of a Lady* 70, 89-90
ホーソーンの『滞仏・伊日誌』書評 *Review of Hawthorne's French and Italian Journals* 140, 149
『ロデリック・ハドスン』 *Roderick Hudson* 8, 141
「古衣装物語」"The Romance of Certain Old Clothes" 69
「サラトガ」"Saratoga" 136, 205, n46
「間違いの悲劇」"A Tragedy of Error" 68
「旅の道づれ」"Travelling Companions" 69, 71-82
『スクリブナーズ・マガジン』 *Scribner's Magazine* 7
スタージス Sturges, Jonathan 185, 186, 193
ストーリー Story, William Wetmore 34
『ローマの風物』*Roba di Roma* 34
ストウ Stowe, Harriet Beecher 8
ステッドマン Stedman, Edmund Clarence 5
スウェーデンボルグ Swedenborg, Emanuel 10, 163
セジウィック Sedgwick, Ellery 6, 9-10

タ行

タナー Tanner, Tony 93-94, 130, 139
トウェイン Twain, Mark 8, 27, 118, 122, 165, 170, 201, n7
ドゥ・フォレスト De Forest, John 8
トリリング Trilling, Lionel 223, n36
トルストイ Tolstoy, Leo 165

ナ行

南北戦争 The Civil War 2,

ゴールドスミス　Goldsmith, Oliver　30
ゴス　Gosse, Edmund　170

サ行

サッカレー　Thackeray, William　Makepeace　142
ジェイムズ　James, Henry　3, 65, 66, 67, 86-89, 91, 93, 94, 95, 97, 98, 100, 101, 105, 109, 129, 150, 170, 186
　ハウエルズとの出会い　5
　ハウエルズとの交わり　6
　ハウエルズの助力に対する感謝　6
　『アトランティック・マンスリー』との関係　7, 8, 10, 71
　『センチュリー』*Century*　7, 167
　『ネイション』*Nation*　88
　『北米評論』*North American Review*　188
　ジェイムズ　James, Alice　86
　ジェイムズ　James, Henry Sr.　10, 144
　ジェイムズ　James, Mary Walsh　79, 81
　ジェイムズ　James, William　10, 82, 150, 152, 164, 166
　メアリー（ミニー）・テンプル　Temple, Mary (Minny)　81, 82
「貪欲な想像力」grasping imagination　137, 205, n46
『使者たち』*The Ambassadors*　170, 188-193
『アメリカ人』*The American*　9, 111
「イセラにて」"At Isella"　69
『ボストンの人びと』*The Bostonians*　152, 154
「チェスター」"Chester"　135
「デイジー・ミラー」"Daisy Miller"　70, 78, 80, 107, 111-112, 114-117, 118, 119, 122, 145
『ヨーロッパ人』*The Europians*　70
「ガブリエル・ドゥ・ベルジュラク」"Gabrielle de Belgerac"　68
『ホーソーン』*Hawthorne*　130-135, 138-143, 144-145, 147-149
「ウイリアム・ディーン・ハウエルズ」(1886) "William Dean Howells"　143
「国際挿話」"An International Episode"　70
「なつかしの街角」"The Jolly

索　引

ア行

アーヴィング　Irving, Washington　44, 45
アサトン　Atherton, Gertrude　3
『アトランティック・マンスリー』 *Atlantic Monthly*　1, 7
アネスコ　Anesko, Michael　4, 230, n32
アメリカ娘　American Girl　66-67, 69-71, 76-81, 84, 85-91, 94, 112, 207, ns2, 3
アメリカン・リアリズム　American Realism　2
ウィリス　Willis, Nathaniel Parker　46, 66
　『ポール・フェイン』*Paul Fane*　66
　『私の出会った人びと』*People I Have Met*　46
ウォートン　Wharton, Edith　65, 93, 221, n25
ウッドレス　Woodress, James　127
ウルフ　Woolf, Virginia　63, 205, n45
エマスン　Emerson, Ralph Waldo　159
オールドリッチ　Aldrich, Thomas Bailey　26, 118
オズグッド　Osgood, James R,　78

カ行

カー　Kar, Annette　118, 122
カムリー　Comly, James M 74
キャリントン　Carrington, George C., Jr.　63, 100
クーパー　Cooper, James Fenimore　44, 65
　『刺客』*The Bravo*　66
クラウリー　Crowley, John W.　122
クレイン　Crane, Stephen　60
　「無蓋のボート」“The Open Boat”　60
　「怪物」“The Monster”　60
ケイディ　Cady, Edwin H.　97, 152, 153, 175
ケリー　Kelley, Cornelia P.　88, 91, 110-111
コール　Coale, Samuel Chase　153
　『コーンヒル・マガジン』 *Cornhill Magazine* 4, 112
国際小説　the International Novel　10, 65, 67, 93, 94-95, 109, 177, 206, n1

著者紹介

武田千枝子（たけだ　ちえこ）

1934年　東京都に生まれる。
1959年　学習院大学大学院人文科学研究科イギリス文学専攻修士課程修了。
学習院大学文学部英米文学科専任講師・助教授を経て1972年より教授、現在に至る。
この間、1975年2月より1976年3月まで米国イェール大学客員研究員。
主要論文―「*The Bostonians* ―ジェイムズ的世界の構築」(1984)、「語り手の魔法―Katherime Anne Porter の "Magic"」(1988)、「"The Real Thing" 再考」(1995)、「キャサリン・アン・ポーターとヘンリー・ジェイムズ」(1997) ほか多数。

ハウエルズとジェイムズ
――国際小説に見る相互交流の軌跡

2004年2月25日　初版発行

著　者	武田千枝子
発行者	安居洋一
組　版	前田印刷有限会社
印刷所	平河工業社
製　本	株式会社灘波製本

〒160-0002 東京都新宿区坂町26
発行所　開文社出版株式会社
電話 03(3358)6288番・振替 00160-0-52864

ISBN4-87571-974-4 C3098